進士武林

진사무림

10

봉황송 신무협 장편소설

ORIENTAL FANTASY STORY & ADVENTURE

dream books

드림북스

진사무림 10

초판 1쇄 인쇄 / 2016년 6월 10일
초판 1쇄 발행 / 2016년 6월 20일

지은이 / 봉황송

발행인 / 오영배
책임편집 / 편집부
펴낸 곳 / (주)삼양출판사 · 드림북스

주소 / 서울특별시 강북구 도봉로 173
대표 전화 / 02-980-2112 팩스 / 02-983-0660
편집부 전화 / 02-980-2116 팩스 / 02-983-8201
블로그 / blog.naver.com/dreambookss

등록번호 / 제9-00046호
등록일자 / 1999년 3월 11일

ⓒ 봉황송, 2016

값 8,000원

ISBN 979-11-313-0610-9 (04810) / 978-89-542-5445-8 (세트)

* 지은이와 협의하에 인지는 생략합니다.
* 잘못된 책은 구입한 곳에서 바꾸어 드립니다.

이 도서의 국립중앙도서관 출판시도서목록(CIP)은 서지정보유통지원시스홈페이지(http://
seoji.nl.go.kr)와 국가자료공동목록시스템(http://www.nl.go.kr/kolisnet)에서 이용하실 수
있습니다. (CIP제어번호:2016013965)

進士武林

진사무림

10

봉황송 신무협 장편소설

ORIENTAL FANTASY STORY & ADVENTURE

dream books
드림북스

進士武林

진사
무림

목 차

第一章

장손산호

하늘은 티 없이 맑고, 바람이 불 때마다 정원 한쪽에 있는 연못에는 물결이 일어났다. 따뜻한 햇볕은 눈이 부시다 못해 따갑기까지 했다.

장손세가의 심처인 여의원에는 오고 가는 사람의 인적이 전혀 느껴지지 않았다. 세가의 가장 큰 어른이자 최강의 무인인 장손산호가 폐관 수련을 하고 있는 장소였기 때문이었다.

장손산호는 지하의 연공실이 아닌 잘 꾸며진 정원 여의원에서 무공을 수련했다. 자연과 함께하면서 스스로 나아갈 길을 찾으려고 노력하는 중이었다.

저벅! 저벅!

가벼운 발걸음 소리가 정원에 울렸다.

이한열이다.

"좋은 곳에서 수련하고 있군."

이따금 불어오는 바람에는 청량한 기운이 듬뿍 묻어 있었다. 지하실처럼 밀폐된 공간과는 차원이 다른 대자연의 생동감이었다.

"이쪽이다."

이한열은 아까부터 강렬한 기운을 뿜어내고 있는 곳으로 향했다.

그의 접근을 알아차린 장손산호의 기세였다.

불청객이 점점 가깝게 다가설수록 기세는 점점 날카롭고 무거워졌다.

"격하게 환영을 해 주네."

어느 모로 보나 기세가 흉흉한데, 이한열이 웃었다.

활짝 웃으면서 장손산호에게로 서둘러서 향했다.

고오오오! 고오오오!

바람을 찢어발기는 기세가 밀려왔다. 마치 폭풍이 불 때 일어나는 충격파 같았다. 일순간 일대에 폭풍이 휘몰아쳤다.

드드드! 드드드드!

쿠쿠쿠! 쿠쿠쿠쿠쿠!

예리하면서 묵직한 충격파에 의해 아름다운 나무가 송두

리째 뽑혀져 나갔다. 기묘한 모습을 자랑하고 있던 수석은 박살이 나 버렸다.

가공할 기세였다.

파라락! 파라락!

폭풍 속에서 걷고 있는 이한열의 옷자락과 머리카락이 가볍게 흩날렸다. 수백 년 된 나무들과 단단한 바위들이 부서지고 있는 중에도 그의 모습은 산책이라도 나온 것처럼 여유로웠다.

"시원하네."

그가 따뜻한 햇볕 아래 머리카락을 시원하게 날려 주고 있는 바람을 반겼다.

휘이익!

바람을 가른 신형이 허공에 나타났다.

허연 머리카락과 수염을 지닌 선풍도골의 노인이 모습을 드러냈다. 묵직한 기세를 줄기줄기 뿜어내고 있었다.

장손산호였다.

이미 백 세가 넘은 장손산호는 마음만 먹으면 겉으로 보기에 삼십 대 후반에서 사십 대 초반 혹은 이십 대 청춘의 몸을 가질 수도 있었다. 하지만 자연스러운 것이 좋다는 걸 알았기 때문에 순순히 노화를 받아들였고, 우아한 기품도 갖추고 있었다.

그는 장손세가뿐만 아니라 강호 무림인들로부터 존경을 받는 사내였다. 젊은 시절 강호행을 하면서 군자의 마음을 지녔다고 하여, 한때 군자검이라고 불리기도 했다. 세가로 돌아와 은거를 한 뒤로는 강호에 일절 나가지 않았다.

장손세가 최강의 무인이다.

그가 뿜어내고 있는 엄청난 위압감으로 인해 주변 공간이 굴절됐다.

"폐관 수련을 하고 있는 장소에 어찌 들어왔단 말이냐! 원래대로라면 침입자는 죽인다는 원칙을 적용해야 하지만, 자비를 베풀어 살아 돌아갈 수 있게 해 주겠다. 오른팔을 자르고 나가거라!"

장손산호가 하얀 눈썹을 꿈틀거리면서 일갈했다.

하늘을 두 쪽 낼 것처럼 날카로운 기운이 허공에서 일렁였다. 명령에 따르지 않으면 즉각적으로 천참만륙을 하겠다는 의미였다.

슥!

이한열의 시선이 노인을 향했다.

따뜻하게 반겨 줄 것이라고는 기대하지도 않았다. 하지만 군자검이라는 별호 때문에 대화를 통해서 서로 간의 소통을 할 수 있을 줄 알았다.

그런데 처음부터 무력을 동원하겠다고 하니……

씨익!

이한열의 입가에 진한 미소가 떠올랐다.

너무 좋았다.

구태여 대화로 하지 않고 무력을 사용하면 되었으니까 말이다. 한마디로 강한 자가 마음대로 해 먹을 수 있는 판이 만들어졌다.

애당초 말이 통하지 않으면 장손산호를 무력으로 때려잡을 생각이었으니까 말이다.

"법은 멀고, 주먹은 가깝지."

팔을 자를 생각이 없어 보이는 이한열의 태도에 장손산호가 눈을 매섭게 부라렸다.

젊은 시절부터 사람들과 인연을 끊고 폐관 수련만 주야장천 하고 있던 그는 성격이 괴팍스럽게 변해 버렸다.

"죽어라!"

콰콰콰콰! 콰콰콰콰!

일렁이던 대기가 거칠게 울부짖었다. 바람으로 된 수백 개의 풍검들이 나타나서 무지막지한 기세로 내리꽂혔다.

퍼퍼퍼퍽! 퍼퍼퍼퍽!

단단한 바위들은 가루가 되어서 흩날렸고, 싱그러운 향기를 뿜어내고 있던 기화이초와 나무들 역시 분쇄되었다.

사아아아! 사아아아!

천참만륙할 기세로 달려들던 풍검들이 이한열에게 가까이 접근하면서 얌전한 바람으로 바뀌어 버렸다. 세차게 흔들리던 대기가 유독 이한열 주변에서는 고요했다.

"바람의 검이라! 나름 운치가 있는 검이로구나."

이한열이 풍검을 온몸으로 맞으면서 감상했다.

"제법 솜씨가 있는 아해로구나."

장손산호가 천천히 하강했다.

푸화확! 푸화화학!

가볍게 내려섰는데 흙먼지가 자욱하게 일어났다.

"지금과 같은 경우에는 아해라는 말보다 청년이라는 표현이 더 어울리는 편이지요. 어디를 봐도 제가 어린아이는 아니잖습니까."

"놈!"

파파팟! 파파팟!

사방팔방에서 풍검들이 쇄도해 들었다.

휘리릭! 휘리릭!

단순히 빠르기만 한 것이 아니라 고속으로 회전을 하고 있었다. 맹렬하게 회전하고 있었기에 오히려 멈춰 있는 것처럼 보였다. 눈에 보이지도 않는 풍검들이 이한열에게 맹렬한 기세로 위협을 가했다.

저벅!

이한열이 가볍게 앞으로 걸어갔다.

스스스스! 스스스스!

날카로운 이빨을 드러내고 있던 풍검들이 얌전해졌다.

단순한 일보가 아니었다.

마교에 천마군림보가 있다면 배교에는 성인일보가 있다. 천마군림보의 탄생이 배교 성인일보에서 태동하였다는 말이 있을 정도로 성인일보는 위대한 힘을 지녔다.

신성을 뿌리는 성인의 일보에는 모든 기운이 고개를 숙이는 법이었다. 고속으로 회전하는 풍검들이 이한열의 주변에서 얌전해진 이유였다.

"음!"

이한열에게 접근한 풍검들이 끊어지는 이유를 알 수 없는 장손산호의 안색이 딱딱하게 굳어졌다.

그가 쉽게 처리할 수 없는 강적의 출현에 긴장했다.

그렇지만 여전히 진다고는 눈곱만치도 생각하지 않았다.

휘익! 휙!

네 개의 풍검이 이한열을 가운데로 두고 사방으로 이동했다.

고오오오! 고오오오!

자연의 기운들이 몰려들어 풍검들이 엄청나게 커지면서 울부짖었다.

소용돌이치고 있는 가공할 바람의 기세가 십여 장의 거리를 두고서 이한열을 엄청난 압박감으로 짓눌렀다.

팟! 파앗!

휙! 휘이익!

네 개의 풍검이 공간을 격하고 이한열에게 쇄도했다.

바람에게 있어 십여 장의 거리는 없는 것이나 마찬가지였다. 찰나의 순간 십여 장을 뛰어넘어 이한열에게 작렬했다.

"하압!"

이한열이 우렁찬 함성을 지르며 힘차게 양손을 내질렀다.

외가비망의 정권 찌르기다.

느렸지만 후발선제의 묘리를 담고 있었기에 네 개의 풍검을 맞이하는 데 무리가 전혀 없었다.

콰앙! 쾅!

콰앙! 콰아앙!

네 번의 주먹질이 풍검을 정확하게 강타했다.

퍼퍼펙! 퍼퍼퍼펙!

기묘한 소리와 함께 바람으로 뭉친 풍검들이 허공에서 흩어져 버렸다. 폭발적인 바람들이 사방으로 휘몰아쳤다.

"역시 시원하다니까. 때리는 손맛이 있는 바람의 검이다."

이한열이 손과 몸에 전해져 오는 짜릿하면서 시원한 촉감을 즐겼다.

바람은 무형이지만 유형화된 풍검은 강기로 만들어진 검이다. 눈에 보이지 않는다는 장점이 있는 동시에 강기의 날카로움과 단단함, 유연함 등 특유의 성질을 모두 가지고 있다.

사실 풍검이 강호 무림에 존재하지 않는 건 아니다.

바람을 검으로 만드는 시도가 여러 번 있었고, 조잡한 검공들도 존재하고는 있었다. 하지만 장손산호처럼 현경의 경지에 올라 풍검을 만들어 간 일대종사(一代宗師)는 지금까지 한 명도 없었다.

장손산호가 새롭게 개척해 나가고 있는 풍검은 여러모로 많은 장점을 가지고 있다. 펼칠 때마다 매번 다른 형태와 위력 등을 보이는 것이 가능하다.

"놈!"

장손산호의 눈에서 분노의 불길이 일어났다.

중원에 존재하지 않은 새로운 검공을 만들어 나가는 데 큰 자부심을 가지고 있다. 그런데 겨우 때리는 손맛이라고? 커다란 자부심에 엄청난 상처를 입어야만 했다.

파팟! 파팟!

그가 양손을 거칠게 흔들었다.

파앙! 파아앙!

웅크렸던 풍검들이 허공에 만들어지자마자 폭발하듯이 뛰쳐나갔다.

풍검들이 그대로 이한열을 들이받았다.

콰아앙! 콰앙!

폭음이 터지면서 흙먼지가 자욱하게 일어났다.

화약처럼 폭발력이 가미된 풍검들이었다.

가공할 화기를 담고 있는 벽력탄과 같은 풍검에 맞는 순간 육체가 갈기갈기 찢겨져 나갈 수밖에 없었다. 분명히 그래야만 할 정도의 폭발력이 담겨져 있었다.

그런데…….

흙먼지가 가라앉으면서 이한열이 털끝 하나 다치지 않은 멀쩡한 모습으로 나타났다.

"이번 건 조금 짜릿했어요."

"이럴 수가!"

나름 회심의 일격이었는데도 불구하고 통하지 않자, 장손산호의 몸이 부들부들 경련을 일으켰다. 동시에 맨몸으로 벽력탄이나 다름없는 풍검을 막는 모습에 경악했다.

그의 눈동자에 깃들어 있던 오만함과 자부심이 사라져 있었다. 필승의 자신감이 모두 사라졌고, 잔뜩 긴장한 상태였다.

본능적인 두려움이 몸을 뒤덮었다.

"그대는 누구요?"

잠시 손을 멈춘 장손산호가 물었다.

놈에서 그대라는 호칭으로 격이 잔뜩 상승된 이한열이었다.

강자지존의 절대 율법이 있는 무림에서는 강함이 곧 그 사람을 평가하는 척도가 되는 경우가 허다했다. 지금처럼 싸울 때는 절대적으로 적용되는 공식이었다.

"이한열이라고 하지요."

존대하는 장손산호와 달리 이한열은 말투의 분위기를 다소 내렸다.

우위를 차지한 자의 여유였다.

그리고 강호 무림의 잡배와 달리 그는 조정의 고관대작이었다. 하대를 해도 무방했지만 늙은 장손산호에게 나름대로의 대우를 해 주는 셈이었다.

"폐관 수련을 하고 있는 노부에게 무슨 일로 오신 것이요?"

"가주 자리에 올리고 싶은 사람이 있어서요."

"누구를 말하는 것이요?"

"장손범철!"

"음! 불가하오이다."

장손산호가 받아들일 수 없다고 반발했다.

세가의 순수한 혈통을 강조하고 있는 그는 선비계가 아닌 중원의 핏줄이 섞인 장손범철을 좋지 않게 바라보는 사람이었다.

최고 어른이 능력 있는 장손범철을 나쁘게 바라보고 있었기 때문에 직계를 비롯한 아랫사람들도 그대로 따라했다.

"이건 제안이 아니라 통보이지요. 장손세가의 가장 높은 사람을 찾아온 이유가 뭘까요. 제가 무슨 말을 하는지 알겠지요?"

이한열이 환하게 웃었다.

말이 통하지 않으면 장손세가의 주요 인사들을 모조리 죽여 버릴 생각까지 하고 있었다. 장손범철의 가주 즉위를 반대하는 사람들은 모조리 발본색원할 작정이었다.

"음!"

장손산호의 얼굴이 딱딱하게 굳어졌다.

일이 어렵게 흘러가고 있다는 걸 깨닫고 몹시 낙망하였다.

그렇지만 여기에서 자존심을 굽힐 수는 없었다.

경이적인 무력을 보여 주고 있는 이한열로부터 만들어진 두려움을 떨쳐 내면서 강렬한 기세를 뿜어냈다.

"거절하오. 내 눈에 흙이 들어가기 전에는 결코 받아들일 수 없소."

장손산호가 절대로 받아들이지 않겠다는 결사의 각오를 드러냈다.

그러나…….

이한열은 그의 말을 그대로 해석했다.

"눈에 흙이 들어가게 하면 되는 문제네. 간단하군요."

생뚱맞게 전개된 이야기에 장손산호의 얼굴이 일그러졌다. 사람의 심기를 쿡쿡 찔러 불편하게 만드는 데 있어 이한열은 천재였다.

"말도 안 되는 소리!"

장손산호가 이한열을 노려보면서 마구 손을 휘둘렀다.

휘리릭! 휘리릭!

파파팟! 파파팟!

풍검이 마구 허공에 만들어지는가 싶더니 이내 폭우처럼 쏟아졌다.

휘익!

장손산호가 두 자루의 풍검을 밟고서 둥실 허공으로 떠올랐다.

진정한 어검비행술은 아니었으나 풍검의 특성으로 인해 허공에서 자유자재로 이동이 가능했다. 풍검은 진기의 소모가 적고 자유자재로 변화가 가능하다는 점에서 어검비행술보다 뛰어난 면이 있었다.

빠직! 빠지직!

콰직! 콰자작!

이한열이 양손을 마구 뻗으면서 쇄도하는 풍검들을 하나

하나씩 박살 냈다.

"손맛이 아주 좋아. 이건 특급 손맛인데."

그가 열심히 풍검들을 아작 내고 있었지만 쇄도하는 것들이 너무 많았다. 어쩔 수 없이 일부는 몸으로 막아 내야만 했다.

파아아앗!

고목신공의 발휘와 함께 이한열의 몸이 환하게 빛났다.

퍼퍼퍽! 퍼퍼퍽!

풍검들이 마구 이한열의 육신에 작렬했다.

티잉! 팅!

회전하면서 육신을 꿰뚫으려고 했던 풍검들이 엄청난 반발력에 밖으로 튕겨져 나갔다.

콰앙! 쾅!

풍검들이 불사의 고목신공의 단단함과 유연함을 뚫지 못하고 폭발을 일으켰다.

강호 무림에 마공이라고도 불리는 고목신공이 다시금 모습을 드러냈다.

워낙 오랜 시공간을 뛰어넘어 나타난 고목신공인지라 강호의 무공들에 대해 해박한 장손산호조차 알아차리지 못했다.

"허억! 정말로 엄청난 호신기공이구나."

장손산호가 풍검을 맨몸으로 튕겨 내는 모습을 보고 경악했다.

휘익!

그가 허공에서 물구나무를 서더니 아래로 벼락처럼 떨어져 내렸다. 어느새 그의 손에는 무형의 풍검이 한 자루 들려 있었다.

우우웅! 우우웅!

용음을 토해 내고 있는 풍검에서 폭풍의 기운이 무지막지하게 솟구쳤다. 장손산호가 제왕적화심법을 도도하게 일으키자 풍검이 더욱 강력해졌다.

휘이이이이이잉!

폭풍을 뿌리는 풍검이 백화집금검법의 일 초식인 백화토예투로를 따라 움직였다.

백화집금검법은 장손세가의 직계들만이 익힐 수 있는 신비절학이다. 새외 무림과 중원 무림의 무리와 무학들이 절묘하게 어우러져 있는데, 대성하게 되면 꽃밭이 펼쳐진다.

화아악! 화악!

진한 꽃향기가 진동했다.

동시에 무수히 많은 꽃송이들이 영롱하게 무지갯빛을 뿜어냈다. 알록달록한 꽃송이들이 무척이나 장관이었다. 그러나 아름다운 만큼 흉흉함을 간직하고 있었다.

"꽃밭에 서서 바람의 검을 보네! 흉흉한 가운데 진한 아름다움이라, 운치가 차서 넘쳐흐른다."

이한열이 아름다운 풍경을 감상하고 있을 때 꽃송이들이 거칠게 포효했다.

파파팍! 파파팍!

분분히 날리는 하나하나의 꽃송이에는 예리함이 깃들어 있었다.

그것으로 끝이 아니었다.

"잔풍비화! 백화적성!"

일 초식만으로는 부족하다고 느낀 장손산호가 연거푸 백화집금검법의 이 초식과 삼 초식을 펼쳐 냈다.

콰콰콰! 콰콰콰!

쿠아아아아아아!

이 초식이 일 초식에 힘을 보탰고, 삼 초식이 일 초식과 이 초식에 힘을 더했다. 세 가지 초식들이 마치 하나의 초식처럼 연계됐다.

세 명의 장손산호가 합공을 하는 것이나 마찬가지였다.

백화집금검법을 십이성 대성한 장손산호는 검법에 있는 것이 아닌 자신만의 독특한 초식을 만들어 냈다.

"아름다운 여인과 함께하면 더없이 좋을 것을……."

이한열은 여전히 여유가 넘쳐흘렀다.

다급하게 따질 때가 아니었기에 초식이 연합하기 전에 미리 움직였다. 역설적으로 움직이지 않고 감상하고 있었기에 더욱 안전했다.

이한열에게는 장손산호가 한 명이든 세 명이든 별 상관이 없었다. 사람에게 있어 발밑에 기어가는 개미가 한 마리나 백 마리나 큰 차이가 없는 것과 같은 이치였다.

'통할까?'

초조한 마음으로 이한열에게서 눈을 떼지 못하고 있는 장손산호의 안색이 좋지 않았다. 산책 나온 듯 여유로운 모습이 그를 불편하게 만들었다.

콰콰콰! 콰콰콰콰!

콰콰콰쾅! 콰콰콰콰콰쾅!

꽃송이들이 이한열의 몸에 그대로 작렬했다.

강력한 무위를 지니고 있다 해도 한 방에 죽을 정도로 무지막지한 공격이었다.

"최소한 피는 볼 수 있을 줄 알았는데……."

장손산호의 눈빛이 흔들렸다.

이번에도 맨몸으로 공격을 맞은 이한열에게서는 생채기 하나 보이지 않았다. 옷자락의 실이 한 오라기도 뜯어지지 않았고, 머리카락도 잘리지 않았다.

절망적이었다.

비전의 절예와 풍검이 남아 있기는 했지만 이긴다는 가능성은 아예 사라진 것이나 마찬가지였다.

눈앞의 이한열이 능력을 제대로 발휘하지 않고 설렁설렁 상대하고 있는데도 불구하고 제대로 공략을 하지 못했다.

불가항력이다.

만일 이한열이 작심하고 힘을 발휘할 경우 장손산호에게는 곧바로 위협이 닥치게 된다.

그런 사실을 누구보다 직접 싸우고 있는 장손산호가 느끼고 있었다.

휙!

빠르게 날아온 미세한 흙먼지가 장손산호의 눈에 들어갔다.

"무슨 짓이냐?"

그가 눈을 깜빡거리면서 황급히 뒤로 물러났다.

"흙을 눈에 넣은 거예요. 이제 생각이 바뀌었나요?"

이한열이 웃으며 말했다.

놀림을 당하고 있다 생각한 장손산호의 마음에서 천불이 일어났다. 하지만 이내 강자인 이한열의 말과 행동에 수긍했다.

강자는 약자를 괴롭힐 수 있었다.

'칼 밥을 먹고 살아온 인생, 모든 걸 토해 내어 싸우다가

쓰러지자!'

더 이상 구차해지는 것을 원하지 않은 장손산호가 결사의 각오를 다졌다.

강호 무림에 나선 이래로 그의 검 끝에 고혼이 된 무인들의 숫자만 해도 백 명이 넘었다. 강자 앞에서 언제라도 목숨을 내던질 각오가 되어 있었다.

꽉!

그가 풍검을 강하게 움켜잡았다.

"이얍! 백화집금! 백조천화!"

하늘 높이 뛰어오르면서 풍검을 휘둘렀다.

일생일대의 모든 힘을 담은 그의 공격이 아름답게 허공에 피어났다.

"천녀산화! 백화원무만리향!"

젖 먹던 힘까지 모두 담은 백화집금검법의 후반부 이 초식을 연거푸 토해 냈다.

백화집금검법은 전 칠 초식, 후 이 초식으로 이뤄져 있다. 후반부 이 초식이 백화집금검법의 꽃이라고 해도 과언이 아니었다.

위력이 가공했지만 그만큼 들어가는 진기도 엄청났다. 그렇기에 현경에 도달한 장손산호도 후 이 초식을 펼친 뒤에 진기가 고갈되고 말았다.

파라락! 파라락!

이한열의 머리 위에 꽃송이들이 드리워졌다.

하늘하늘 내리고 있는 꽃송이들이 살아서 꿈틀거렸다. 진한 향기를 뿌리는 꽃비가 신비한 풍경을 연출해 냈다.

"일품이야."

자세를 바로잡은 이한열이 꽃송이들 속에 숨은 무리를 꿰뚫어 보면서 감탄했다.

백화집금검법은 함부로 비하할 만큼 수준 낮은 검법이 아니었다. 검향, 향기를 뿌리고 있는 꽃송이들은 그 자체로 예술품이기도 했다.

저벅! 저벅!

흩날리는 꽃송이들 사이를 거닐고 있는 이한열은 오롯이 빛났다.

투욱! 툭!

가벼운 손짓으로 꽃송이들의 꽃잎을 땄다.

휘이익! 휘익!

사뿐히 뻗은 손 위로 꽃송이가 가볍게 내려앉았다.

미세한 접촉에도 터지는 꽃송이들이 이한열의 손 위에서 얌전히 원형의 모습을 유지했다. 걸음걸이와 손짓 하나하나에 현기가 넘쳐흘렀다.

크게 흥이 오른 이한열이 꽃밭을 거닐면서 종남별업을 읊기 시작했다.

中世頗好道 (중세파호도)
晩家南山陲 (만가남산수)
興來每獨往 (흥래매독왕)
勝事空自知 (승사공자지)
行到水窮處 (행도수궁처)
坐看雲起時 (좌간운기시)
偶然値林叟 (우연치임수)
談笑無還期 (담소무환기)

중년이 되면서 불도를 더욱 좋아하던 터에
만년에 종남산 기슭에 거처를 마련하였다.
흥이 나면 늘 혼자 나서니
좋은 일은 단지 나 혼자만 알 뿐
다니다가 물이 솟아나는 곳에 이르면
앉아서 구름이 피어나는 대를 바라본다.
우연히 숲 속에서 노인이라도 만나게 되면
담소하느라 돌아갈 줄 모른다.

중국의 많은 시인들 중에서도 특별히 사랑받는 세 사람이 있다.

시선 이백!

시성 두보!

시불 왕유!

왕유는 불교에 귀의하여 자연 속에서 소요하면서 그림과
도 같은 전원시를 많이 남긴 당대 제일의 산수 전원시인으로
평가받고 있다.

그리고 그의 마음과 삶이 녹아 있는 대표작이 바로 종남별
업이다.

왕유는 과거 시험에 자주 등장하는 단골 인사이다.

왕유의 시를 모르면 과거에 급제할 생각은 하지 말아야 할
정도다.

따라서 이한열은 왕유에 대해서 잘 알고 있었다.

젊은 시절부터 자연에 귀의하고자 했던 왕유는 종남산에
별장을 마련하면서 은거를 시작했다.

속세의 위선이나 권위에서 벗어난 삶을 사는 사람이 되고
자 했다. 자연과 더불어 소요하는 그의 고고한 정신은 선비
들의 귀감이었다.

우우우웅! 우우우웅!

이한열이 세속의 풍파에서 벗어난 자연스러운 움직임을 선
보이고 있었다. 부귀영화를 탐내는 찌든 탐욕주의자인 이한

열에게서 나오는 것이라고는 믿기 힘들 정도였다.

지금 순간 이한열은 자연스러웠다.

가볍게 뻗은 일 수가 그림이 되었고, 부드럽게 걷는 걸음 소리가 음악이 되어 울렸다.

왕유의 종남별업을 읊으면서 일어나는 일이었다.

왕유는 시뿐만이 아니라 음악과 회화에도 뛰어났다.

그가 창시한 수묵화는 남종화의 시조로 추앙받고 있다.

시와 그림에 모두 능하였기 때문에 자연히 왕유의 시에는 화의가 풍부하고, 그림에는 시취가 넘쳐났다. 후대 소동파는 왕유의 시화를 평하기를 시중유화(詩中有畵), 화중유시(畵中有詩)라고 하였다.

시 속에 그림이 있고, 그림 가운데 시가 있다!

'시불처럼 시와 화에 모두 능했으면 좋았을 텐데……'

이한열은 시는 가졌지만 그림에 대한 재능이 없었다.

하늘은 한 사람에게 모든 걸 갖도록 허락하지 않았다.

'화는 가지지 못했지만 대신 무를 가지고 있지.'

왕유가 무공의 무자도 몰랐던 반면에 이한열은 절대적인 무위를 지니고 있었다. 화를 못 가진 대신에 무를 가지고 있어 대체적으로 만족했다.

쿠웅!

허공에서 모든 내공을 끄집어낸 장손산호가 거칠게 땅에

내려섰다. 하마터면 고꾸라질 뻔했는데, 이한열에게서 시선을 떼지 못하고 있었다.

"아! 내가 나아가야 할 방향이다."

탄성을 터트린 장손산호가 전율했다.

이한열의 몸짓 하나하나와 함께 종남별업의 시가 그의 마음 깊숙이 파고들었다. 이미 알고 있던 종남별업이었지만 이한열을 통해 보고 듣자 전혀 새롭게 다가왔다.

부르르! 부르르르!

갑작스럽게 큰 깨달음을 얻은 장손산호의 몸에서 사라졌던 내공이 빠른 속도로 차올라 갔다. 오랜 시간 붙잡고 있던 두꺼운 벽, 질문에 대한 해답을 찾았다.

퍼억! 퍽!

퍼퍼퍽! 퍼퍼퍽!

두두둑! 두두두둑!

육체 여기저기에서 미세혈관이 타통되는 소리가 울렸고, 전신의 뼈와 근육들이 미세하게 재조정됐다.

현경 초입에 겨우 걸쳐 있던 장손산호가 현경 중반으로 접어들었다.

휘이이잉! 휘이이잉!

바람이 부는 가운데 허공에 난무했던 꽃송이들이 모두 사라졌다.

"잘 보았나요? 절대불변의 법칙은 없는 법이지요. 시대와 상황에 따라 가치관은 변하기 마련이고, 장손세가에도 변화의 바람이 불어야 합니다. 변화의 첫 단추는 장손범철이 가주로 취임하면서부터입니다."

꽃밭을 헤치고 다녔던 이한열이 장손산호를 바라보면서 이야기했다.

현경의 문턱에서 허덕거리고 있는 장손산호에게 의도된 기연을 안겨 줬다. 원하고 있던 무리와 깨달음이 섞인 몸짓을 보여 주고, 종남별업에 있는 자연의 화두를 툭 던져 줬다.

"고맙소이다."

깨달음들을 갈무리하기 위해 장손산호가 급히 좌정했다. 동시에 눈으로 목격한 이한열의 몸짓을 잊어버리지 않으려고 노력하였다. 높은 경지에 이른 이한열을 통해 앞으로 나아갈 길을 미리 파악하는 것이었다.

우우우웅! 우우우웅!

제왕적화심법을 운용하고 있는 장손산호의 몸에서 묵직한 기운이 피어올랐다.

그런 장손산호의 옆에서 이한열이 조용히 호법을 서 주었다.

第二章
장악

장손산호가 반개하고 있던 눈을 치켜떴다.

스팟!

강렬한 정광이 흘러나왔다가 이내 사라졌다.

어느새 마음의 평정을 찾고 현재의 상황을 타개할 방법을 모색하는 그의 모습에는 일대종사다운 기개가 넘쳐 났다.

'어떻게 해야 하나?'

불청객인 이한열에게 기연을 얻었다는 사실이 장손산호를 불편하게 만들었다.

묵직하게 고민하고 있는 장손산호의 모습에 이한열도 고민할 수밖에 없었다. 그렇다고 잡아 놓은 그를 놓아줄 이한열은 아니다.

"최강의 무인이라고 하더니 실망입니다. 정말 의외의 실력이군요."

이한열이 이죽거렸다.

기연을 접해 현경 중반에 올라선 장손산호라도 여전히 가벼운 상대라는 사실은 변함없다.

그런 진실을 이한열이 알고, 장손산호가 알았다.

방금 전까지 이한열로 인해 진지하게 고민하고 있던 장손산호가 크게 분노했다.

"이, 이 악마 같은 놈. 차라리 죽여 다오. 이런 치욕을 주지 말고 차라리……."

이한열의 입에서 나온 말이 장손산호의 심기를 불편하다 못해 더럽게 만들었다.

지독한 모멸감에 치를 떨었다.

현경 중반에 올라 재차 싸울 수도 있었지만 그것이 무의미하다는 걸 누구보다 잘 알았다. 그렇기에 깨끗하게 죽는 걸 선택하려고 했다.

"정말로 죽여 드릴까요? 제가 손에 피를 묻히면 한 명으로 끝나지 않아요."

이한열의 능숙한 혓바닥이 장손산호를 연신 공략했다.

퍼득! 퍼득!

장손산호의 몸이 물 밖으로 나온 물고기처럼 팔딱거렸다.

장손산호는 이런 구차한 상황에 몰렸다는 사실이 믿어지지 않는다는 듯이 눈을 부릅떴다.

그는 남에게 엄격했던 만큼 자기 통제가 강했던 사람이다. 그런데 살아오면서 들어 보지도 못한 비열하고 악랄한 방식에 분노하지 않을 수 없었다.

"대체 어떻게 하라는 말이냐?"

"제 말대로 장손범철을 가주로 올리라는 겁니다."

"그건 안 된다."

"아까 눈에 흙먼지 들어갔잖아요? 한 입으로 두말하시는 겁니까?"

장손산호는 눈앞의 이한열이 굉장히 쪼잔하고 비열한 놈이라는 사실을 깨달았다.

'혈마보다 더 무섭군.'

장손산호의 눈빛이 흔들렸다.

고금제일마 혈마는 깔끔하다.

거치적거리거나 방해되는 것들은 생물과 무생물을 가리지 않고 그대로 말살하며 제거한다. 고통스럽게 고문하거나 괴롭히지 않고 죽인다.

죽음은 오히려 편안하다.

장손산호만의 죽음이 아닌 장손세가 전체의 멸문을 거론

하고 있는 이한열의 심기는 무척이나 악랄했다.

"대범해 보이지만 옹졸하군."

장손산호가 힐난했다.

강한 비난이다.

학사는 군자의 도리와 유교의 인을 배우고, 예법을 알아 남을 업신여기지 않는다.

이한열이 적에게 기연을 선사해 줄 정도로 대범한 반면 뒤끝은 작렬시킨다.

히죽!

이한열이 비릿하게 웃었다.

"칭찬 고마워요."

"크윽!"

"나는 적을 대할 때 수단과 방법을 가리지 않아요. 그렇기에 적의 분노와 비난은 나를 칭송해 주는 것이라고 생각하죠."

적을 밟아 이익 챙길 기회를 놓치지 않았다.

적의 손해는 곧 나의 이익이다.

시간이 지나면 못 받을 수 있기에 이익은 챙길 수 있을 때 악착같이 챙겨야 한다.

그리고 고관대작으로 있는 이한열에게 있어 장손세가 멸문은 딱히 커다란 문제가 아니었다. 조정에서는 반역이나 중대한 문제에 있어 구족 멸문이 종종 거론되기 때문이었다. 실제로 황자지란에서 줄을 잘못 선 가문들은 구족 멸문을 당해서 말 그대로 세상에서 완전히 지워져 버렸다.

어떻게 보면 장손산호는 이한열이 장손세가만 멸문시키는 걸 감사해야 했다.

"빌어먹을 놈!"

말도 안 되는 궤변에 대노한 장손산호가 욕설을 내뱉었다.

이한열과 같은 처사는 오랜 세월을 강호 무림에서 보낸 장손산호가 한 번도 경험하지 못한 것이었다.

꾸짓!

이한열의 눈썹이 꿈틀거리면서 하늘로 치솟았다.

"불구가 되고 싶은가 보군요. 더 주둥이를 놀려 보세요."

비난과 욕설은 달랐다.

이한열은 욕설을 받고도 가만히 있을 정도로 관대하지 않다. 한 번 참아 준 것만 해도 대단한 아량을 베푼 셈이었다. 만약 별 볼 일 없는 적이었다면 단번에 작살을 냈을 것이다. 주둥이를 뭉개 버렸을지도 몰랐다.

'쓸모가 많은 현경의 고수니까. 한 번 봐주자!'

이한열이 나름 너그럽게 생각했다.

지금처럼 대격변의 시기에 고수 한 명의 존재가 갖는 의미는 무척이나 컸다. 현경의 고수는 존재만으로도 전장의 분위기를 바꿀 수 있다.

부르르! 부르르!

장손산호가 지독한 모멸감에 몸을 떨었다.

'주둥이……'

그가 내뱉은 적은 많았지만 남들에게는 한번도 들어보지 못한 단어였다.

사람들은 배분과 무위가 높은 그의 눈치를 살피면서 항상 말과 행동을 조심했다. 그런데 지금 이한열은 안하무인이었다.

그것이 장손산호의 심기를 무척이나 우울하고 아프게 만들었다.

찌릿!

장손산호가 비수처럼 날카로운 시선을 쏘아 대는 가운데에도 입을 열지는 않았다.

'불구를 만들고도 남을 놈이다.'

그는 욕설을 재차 했다가는 곧바로 사지 멀쩡한 정상인에서 어디 한 곳이 잘못된 불구가 된다는 사실을 깨달았다.

덜! 덜!

부르르! 부르르!

장손산호가 비 맞아서 벌벌 몸을 떠는 병아리처럼 잔뜩 낭패한 기색을 드러냈다. 내상을 입은 상황에서 머리를 새하얗게 만들 정도의 모멸감을 받자 저절로 몸이 떨려 왔다. 허연 수염과 산발한 머리카락이 마구 흔들렸다.

"흐흐흐!"

이한열이 음침한 웃음을 흘리며 장손산호를 오만한 시선으로 바라보았다.

승자의 여유로운 웃음이 아닌 이겨 놓고 패자를 조롱하는 웃음소리였다.

"쿠엑!"

장손산호가 토혈을 했다.

모멸감을 팍팍 주는 말과 행동에 기식을 조절하는 데 실패했기 때문이었다.

"쿨럭! 쿨럭!"

그가 붉은 피를 연신 입으로 토해 냈다.

얼굴빛이 시커멓게 죽어 갔다.

깨달음을 얻은 뒤 모든 걸 정립하지 못한 상태에서 받은 마음의 충격으로 인해 몸 상태가 심각해졌다. 그리고 그런 내상이 점점 깊어지면서 주화입마의 위기로까지 발전했다.

"현경의 고수가 주화입마에 빠지는 모습은 처음 보는 건데……."

이한열이 기대감을 드러냈다.

가벼운 말투였지만 묘하게 진지했다.

장난이 아니다.

진심이다.

처음 보는 현상은 이한열을 들뜨게 만들었다.

모르는 게 약이라는 말이 있지만 호기심이 많은 이한열이다. 주화입마에 대해서 충분히 알고 있지만 현경의 고수가 마음과 진기를 통제할 수 없다는 사실이 신기했다.

콱!

장손산호의 이가 입술을 깨물고 마음을 다스리기 시작했다.

"큭! 그럴 수는 없지."

그는 이한열이 좋아하는 꼴을 보여 주기가 죽기보다 싫었다. 사력을 다해 기식을 다스리는 한편으로 분노와 모멸감을 가라앉히려고 노력했다.

"호오! 딱지치기로 딴 실력은 아니었네."

이한열이 빠른 속도로 나아지는 광경을 목격하면서 이죽거렸다.

말 한마디 한마디가 장손산호의 마음에 콕콕 비수처럼 파고들었다. 정말 얄밉게 말하는 데 있어서 이한열을 이길 자가 없어 보였다.

휘청!

관자놀이의 혈관이 비쭉 튀어나오는 가운데 장손산호의

몸이 앞뒤로 흔들렸다.

위기를 맞을 뻔한 장손산호가 필사적으로 이한열의 말을 무시했다. 눈을 감아 버리면서 비열한 면상을 보지 않았고, 청각까지 막아 더 이상 어떤 소리도 듣지 않아 버렸다.

후우우우! 후우우우!

진기요양술을 펼쳐 망가진 혈도와 심맥을 치유하면서 보호했고, 망아지처럼 날뛰는 진기를 조절했다.

후우! 후웁!

호흡이 점점 안정되어 갔다.

그는 현경의 고수답게 마음을 다스리자 순식간에 주화입마의 위기에서 벗어났다.

스팟!

그의 눈에서 정광이 솟구쳤다.

"에이! 진귀한 구경을 할 수 있었는데, 아쉽다."

이한열이 쇠창살로 가둔 호랑이를 보듯 장손산호를 응시하고 있었다.

스륵!

장손산호가 감았던 두 눈을 뜨면서 청각을 다시 정상으로 돌렸다.

방금 전 말을 듣지 않아 천만다행이었다.

만약 들었다면 간신히 다스려 놓은 내상이 다시 도질 수도 있었다.

"졌다. 네 마음대로 해라."

장손산호가 백기를 들고 투항했다.

패자답게 이한열의 처사에 몸을 맡겨 버리기로 작정했다.

장손세가 최강의 고수가 이한열의 수중에 떨어졌다.

"좋아요. 지금 말 물리기 없어요."

"알았다."

"일구이언(一口二言)은 이부지자(二父之子)!"

"알았다니까!"

장손산호가 빽하고 소리 질렀다.

"재미있어서 그래요. 말할 때마다 통통 튕기는 것이 마치 젊은 여인처럼 느껴져요."

"……."

말없이 먼 하늘을 바라보았다.

슥!

칼을 내려다보았다.

'칼 물고 죽어야 하나?'

삶을 유지하고 싶어 이한열의 부당하면서 모멸에 찬 대우를 받고도 버렸는데, 아무래도 자결을 하는 편이 좋은지도 모르겠다는 생각이 불쑥 들었다.

도리! 도리!

고개를 가로저었다.

개똥밭에 굴러도 이승이 낫다.

그리고…….

'비무에서 느낀 심득을 받아들이면 현경의 경지를 넘어설 수도 있다.'

장손산호는 어느 경지에 올라서 있는지 알 수 없는 이한열과 비무를 통해 많은 걸 보고 느꼈다. 분명한 건 현경의 위치에서는 펼칠 수 없는 수도 제법 있다는 점이었다.

'깨달음들을 정립하고 난 뒤 재비무를 요청해야겠다.'

그의 눈빛이 뜨거워졌다.

현경의 실마리를 잡고 난 뒤 부단히 노력했지만 현경은 쉽사리 그 경지를 보여 주지 않았다. 완벽하게 올라서기 위해 참으로 지겨운 시간을 보내 왔다.

화경이었을 때는 가문의 화경 고수들과 비무를 할 수도 있었고, 다른 가문이나 문파에 소속된 화경의 무인들과 비무를 펼치기도 했다.

하지만 현경에 올라서고 난 뒤에는 불가능했다.

현경은 중원 전체를 살펴봐도 그 숫자가 많지 않다고 알려져 있다. 가문이나 문파 최고 최강의 무인들은 비무를 쉽게 펼칠 수 없다. 비무 과정에서 다칠 수도 있고, 비기가 유출될 수도 있기 때문이었다.

밝은 곳에 드러난 전력은 어둠에 숨어 있는 전력에 쉽게 대응하지 못하고 약한 면을 드러낸다. 그렇기에 최고 최강의 전력을 숨기고 있는 문파들도 많았다.

장손세가만 해도 전력을 꽁꽁 숨기고 있었고, 장손산호가 현경에 올라섰다는 건 가문 내에서도 아는 사람이 극소수였다.

그는 장손세가 최강의 전략 자산이다.

"눈빛이 너무 뜨거워요. 그런 눈빛으로 바라보지 마세요. 나는 남자 안 좋아하니까요."

"같! 그런 취미 없다."

"녹여 버릴 정도로 뜨겁게 바라보기에 한 말이에요."

"내상이 치유되면 재비무를 요청하겠다."

"재비무는 좋은데, 공짜로는 안 돼요."

이한열이 거절하지 않았다.

손맛을 잔뜩 볼 수 있는 장손산호와의 대결은 재미가 있었다. 높은 경지에 오른 무인과 펼치는 공방의 수에는 깊이가 남달랐다.

장손산호와의 격돌에서 이한열도 나름 소득이 쏠쏠했다.

"돈이라면 내겠다."

"돈은 필요 없어요."

"그럼 어떻게 해야 하나?"

"비무를 요청할 때마다 내 요청 하나를 들어줘요."

이한열은 이번 기회에 장손산호를 완전히 수하처럼 부려먹을 작정이었다. 그렇지 않아도 어떻게 회유해야 하나 고민하고 있었는데, 장손산호가 알아서 호랑이 굴로 기어들어 왔다.

"싫다. 어떤 요청을 할지 알고 받아들이겠느냐!"

"싫으면 마세요. 아쉬운 것 없으니까."

"큭!"

장손산호의 입에서 침음이 새어 나왔다.

잔뜩 고민하면서 안절부절못했다.

머리로는 제안을 받아들이면 안 된다는 걸 아는데 가슴이 받아들이라고 연신 소리쳤다. 무공 수련을 낙으로 삼으며 살아가는 그에게 이한열과의 비무는 꼭 필요했다.

결국 장손산호는 이한열의 제안을 받아들일 수밖에 없었다.

"하겠다. 대신 해야 하는 일을 먼저 듣고 비무를 할지 말지 결정하겠다."

장손산호가 해결책을 내놓았다.

마음의 거리낌을 받지 않은 일이라면 이한열의 요청을 받아들이고, 강호의 도리에 어긋난다면 비무를 하지 않을 작정이었다.

"잘 생각했어요."

바르르! 바르르!

장손산호의 눈썹이 바람도 불지 않는데 흔들렸다.

툭툭 내뱉은 이한열의 말투에 치욕을 느꼈기에 의연하게 대처를 하지 못했다. 이런 치욕은 난생처음이었다.

*　　　*　　　*

현경의 고수 장손산호는 장손세가의 최강 전력이자, 최고 높은 배분이다. 암중에서 가주 위에 군림하며 사실상 장손세가를 장악하고 있었다.

가주는 사실상 허수아비일 뿐이다.

장손세가의 차기 가주로 올라서기 위해서는 장손산호의 허락이 있어야만 가능하다. 장손범철이 직계들에게 괴롭힘을 받아 낭떠러지에 떨어지려고 한 것도 모두 장손산호의 생각이었다. 순수한 혈통을 사랑하는 장손산호는 직계 자손이 아닌 장손범철의 위상이 올라가는 걸 탐탁지 않게 여겼다.

그러나 장손산호가 이한열에게 무릎을 꿇으면서 모든 것이 뒤바뀌었다.

"진심이십니까?"

"세가를 부흥시키기 위한 어려운 결단이다."

"재고해 주십시오."

"불가하다."

장손산호는 단호했다.

그럴 수밖에 없다.

그 역시 이한열에게 명령을 받고 있는 실정이었으니까.

명령을 어기고 뻗대다가는 장손세가 자체가 무너질 수도 있었다. 어떻게 보면 더 큰 희생을 막기 위한 고육지책이기도 했다.

추측할 수 없는 무위를 지닌 이한열이 손을 쓰면 장손세가는 순식간에 전멸한다.

장손산호가 찍 소리도 제대로 못 하고 이한열의 명령을 따르는 이유였다.

그러나 그런 진실을 사람들에게 그대로 이야기할 수는 없는 노릇이었다.

"장손범철이 가주로 올라서는 걸 받아들일 수 없습니다. 어떠한 경우에도 직계가 가주가 되어야 합니다. 세가의 역사를 살펴볼 때 지금까지 외부에서 데려온 아이가 가주로 올라선 적은 한 번도 없습니다."

가전 회의를 소집한 장손산호가 장손범철을 가주로 올리겠다고 하자 장손세가의 원로들과 직계들이 벌떼처럼 일어났다. 그들은 있을 수 없는 일이라면서 입에 거품을 물었다.

"서자가 가주 자리에 오른 적은 단 한 번도 없습니다. 재고

해 주십시오."

장손잠실이 외쳤다.

그는 오늘내일하고 있는 현 가주의 장남인 동시에 적자였기에 다음 대 가주로 가장 유력했다. 두 명의 동생들과 가주 자리를 다투고 있었지만 내심 자신이 넘쳤다.

가주로 올라설 생각에 미리부터 여러 가지 일들을 벌려 놓기까지 했다. 그 가운데 하나가 바로 눈엣가시인 장손범철을 죽이려는 일이었다.

가주 자리에 앉으면서 불손한 세력이나 사람을 찍어 내는 건 역대로 장손세가의 전통이었다. 그렇기에 직계의 적자들은 죽을힘을 다해 가주로 올라서려고 한다.

그런데 느닷없이 장손산호가 장손범철을 가주로 올리겠다고 주장하고 나섰다.

장손잠실 입장에서는 마른하늘에 날벼락이 떨어진 셈이었다.

"모든 일에는 예외가 존재하는 법! 장손범철은 세가에 변화를 부흥시킬 적임자다."

"저도 할 수 있습니다."

장손잠실이 이를 악다물며 다짐했다.

"맞습니다."

"세가의 주인자리는 적자들에게 돌아가야 합니다."

"누가 뭐라고 해도 세가의 주인은 직계의 사람들입니다."

세가의 주요한 자리를 차지하고 있는 직계 사람들이 모두 울컥했다.

장손세가의 규모는 방대했기에 직계의 사람만으로 모든 일을 해결할 수 없다. 그렇기에 방계를 비롯한 외부의 사람들을 우대한다고 표방하고 있다. 그러나 그건 겉으로 주장하는 것에 불과했고 실상은 오직 직계만을 위했다. 능력이 없다고 해도 직계의 혈통을 타고난 사람은 주요한 보직을 차지할 수 있었다.

일례로 장손상호는 재무에 대한 전반적인 지식이 없음에도 불구하고 재무당주라는 자리를 차지하고 있었다. 결재만 할 뿐 재무에 관련된 복잡한 일은 아랫사람들에게 모두 일임했다.

능력 없는 상관으로 인해 아랫사람들만 죽어났다.

능력이 있어도 올라갈 수 없었기에 직계를 제외한 장손세가의 사람들은 잔뜩 실망하고 주눅 들어 있었다.

적극적으로 일해도 돌아오는 성과가 없었기에 자연스럽게 의욕을 내지 않았다. 직계 소수에게 권한과 부귀영화가 돌아가고 있었기에 다수의 사람들이 제대로 일을 하지 않았다.

"세가가 직계를 위주로 돌아가야 한다는 사실은 부정하지 않는다. 다만 세가를 부흥시킬 수 있도록 노력해야 한다는 사실이 중요하다. 장손범철을 가주로 올리면 세가에는 변혁의 바람이 불게 되고, 세가는 부흥을 시작할 것이다. 그러면 직계들은 더욱 큰 힘을 가질 수 있게 된다."

장손산호가 직계들을 위로했다.

정통을 건드리지만, 오히려 이를 통해 변화를 꾀하고 직계를 공고히 한다는 말은 얼핏 설득력이 있었지만 함정이 존재했다.

장손범철이 가주로 등극하게 되면 피를 봐야만 하는 직계들이 적지 않았다.

"궤변입니다."

"직계들이 힘을 가지려면 직계들 중에서 가주가 나와야 합니다."

직계들은 선비계가 아닌 중원 여염집 여인의 핏줄을 가진 장손범철을 심하게 차별해 왔다. 어릴 적에는 장손잠실이 심하게 때려 장손범철의 뼈를 부러뜨린 적도 있었다.

그럼에도 불구하고 어느 누구도 장손잠실을 꾸지람하지 않았다.

외부인을 구박하고 업신여기는 장손세가의 풍토는 순수 혈통을 사랑하는 장손산호로부터 기인했다.

오랜 세월 구박과 압박을 받은 장손범철은 잔뜩 독이 올라 있는 상태였다. 가주 자리에 앉아 어떤 보복을 가할지 몰랐다.

갑자기 노선을 바꾼 장손산호로 인해 직계 사람들이 무척이나 곤란하게 됐다.

"태상호법님이라고 해도 세가의 전통을 바꿀 수는 없습니다."

"맞습니다."

"태상호법님도 세가의 전통을 지키셔야 합니다."

장손잠실을 비롯한 적자들이 강하게 주장했다.

하지만 그들의 주장은 씨알도 먹히지 않았다.

"전통에도 예외는 있는 법! 능력이 있는 사람이 가주로 올라서야 가문이 침체에서 벗어날 수 있다."

장손산호는 제멋대로였다.

가문 최고의 고수이자 가장 높은 배분을 가진 장손산호는 다른 사람들의 의견에 귀를 기울이지 않았다.

그가 직계들을 대놓고 무시하면서 자신만의 주장을 되풀이했다.

"말도 안 됩니다."

"이럴 수는 없는 일입니다."

차기 가주를 꿈꾸고 있던 직계들이 들고 일어났다.

그들은 장손범철이 가주가 될 경우 반란이라도 일으킬 것처럼 분기탱천했다.

"가문의 최고 어른으로서 하는 말이다."

장손산호가 두 눈을 부릅떴다.

콰아아아! 콰아아아!

무지막지한 강한 바람이 회의실을 장악했다.

기연을 접하면서 현경의 중반에 도달하였기에 기세를 바람처럼 뿌리는 데 있어 더욱 자연스러워졌다. 풍검의 묘용이 더욱 깊어졌다.

현재 자리한 모든 사람들의 삶과 죽음이 장손산호의 마음에 달려 있었다.

"크윽!"

"큭!"

"으으윽!"

"제발 기세를 거두어 주십시오."

사람들의 안색이 시커멓게 죽어 갔다.

무력 앞에서 사람들이 참담한 심정을 애써 삭이면서 굴복했다. 강제로 찍어 누르는 힘 앞에서 더 이상 말도 못하고 쩔쩔맸다.

"차기 가주는 장손범철이다."

힘으로 직계들의 불만을 원천봉쇄한 장손산호가 선언했다.

＊　　＊　　＊

　"장손범철이 가주로 올라선대요."

　갑작스럽게 결정된 사항이 장손세가를 혼란으로 몰아넣었
다. 대다수 사람들이 말도 안 된다고 불만을 토로했다.

　"이게 무슨 말도 안 되는 소립니까! 가주 자리는 직계가 올
라서야 하는 법입니다."

　"세가의 전통을 무너뜨리면 되겠습니까?"

　"직계를 따르고 있던 우리는 어쩌라고요!"

　사람들이 입에 거품을 물면서 발악했다.

　장손범철이 가주로 등극하게 되면 대부분의 사람들은 손
해를 보게 된다. 대다수가 직계에게 줄을 서고 있었기 때문이
었다.

　"지금까지 장손범철을 괴롭혀 왔는데……."

　"달라고 하던 자금을 제대로 집행하지 않았어. 미운털이
잔뜩 박혔는데 어떻게 해?"

　"나는 검을 들고서 위협하기까지 했어. 이제 나는 죽었다."

　걱정이 태산이었다.

　세가의 수뇌부가 결정을 내렸다고 하지만 아랫사람들의
사정은 나몰라라 했다. 지금까지 장손범철을 아프게 했던 사
람들은 공포에 빠져들었다.

차라리 싸우다 죽는 거면 덜 억울했다.

윗사람의 명령을 받아 장손범철을 괴롭혔던 것이다.

장손범철의 차기 가주 등극 소식이 장손세가를 어지럽게 만들었다.

"만세! 단주가 가주로 등극하신다."

"우와아아아!"

흑룡단 무인들은 쌍수를 들고 환영했다.

세 개의 무력단들에 둘러싸여 목숨을 위협받던 처지에서 단숨에 벗어난 것뿐만 아니라 더 높은 지위로 올라가게 되었다.

"축하합니다."

"앞으로 잘 부탁드립니다."

"그동안은 죄송했습니다. 좋은 날을 위해 서로 노력합시다."

지금까지 무시하고 압박했던 사람들이 찾아와서 설설 기었다.

*　　*　　*

회의실 가장 높은 자리에 장손범철이 앉아 있었다. 전대 가주가 사망하자 곧바로 가주로 올라섰다.

그리고 가주의 좌석 바로 밑에 태상호법인 장손산호가 앉아 있었다. 대전에 모여 있는 장손세가 수뇌부들의 얼굴에는 불만과 걱정 등이 가득 넘쳐났다.

장손범철이 의자에 깊숙하게 몸을 파묻은 채 좌중을 둘러보았다. 서늘한 눈빛을 빛내면서도 기분 좋은 웃음을 지었다.

'억울하면 출세하라고 했던가! 높은 자리가 정말로 좋구나.'

장손범철은 고개를 숙이고 있는 사람들을 보면서 득의만만해 했다.

장손범철의 가주 등극과 함께 회의실에 모여 있는 사람들은 세 부류였다.

진심으로 기뻐하는 충성파인 흑룡단의 무인들, 딱딱하게 굳은 채 걱정하고 있는 직계의 사람들, 그리고 이도저도 아닌 채 방관하고 있는 사람들이다.

장손범철을 핍박하고 구박했던 직계의 사람들이 두려움과 불안에 떨고 있었다. 지금이라도 반발을 하고 싶은 마음이 굴뚝같았지만 태상호법 장손산호의 가공할 신위를 목격했기에 쥐 죽은 듯이 있을 수밖에 없었다.

'이한열에게 충성을 맹세한 것이 복으로 돌아왔구나. 이 복이 떠나가지 않도록 맹세를 한시라도 잊지 말아야 한다.'

장손범철이 앞으로도 이한열을 따르겠다고 다짐했다. 지금 누리고 있는 복이 누구에게 나온 것인지 잘 알고 있었기 때문이었다.

참으로 현명한 태도였다.

장손산호가 장악하고 있던 장손세가가 이한열의 품에 떨어졌다.

第三章

혈마교

둥둥둥둥!

두우웅!

북소리가 울린다.

처음에는 느렸다가 빠르게 뛰는 흡혈마고 소리에는 가슴을 뒤흔들어 놓는 묘한 떨림이 있었다.

흡혈마고!

혈마교에서 사용하는 북으로 동정 동녀 천 명의 피, 인피, 뼈 등을 이용해서 만들어지는 마병이다. 동정 동녀의 원혼이 깃들어 있었기에, 북소리가 무척이나 음산하고 사이했다.

정심한 마음을 지닌 자가 흡혈마고의 북소리를 들으면 혼란스러워하고 종국에선 미쳐서 죽어 나간다.

제작 방법에 있어 심각한 문제가 있기 때문에 흡혈마고는 저주받을 마병인 동시에 강호 무림에서 사용이 금지된 병기였다. 휴대하고 있다는 자체만으로 강호의 공적으로 낙인찍힌다.

하지만 혈마교는 그런 사실에 아랑곳하지 않고 흡혈마고를 보유했으며, 여전히 사용했다.

둥둥둥둥!

두우웅!

동정 동녀 만 명을 죽여야만 만들어질 수 있는 흡혈마고 열 개가 동시에 소리를 토해 내고 있었다.

"우와아! 혈마교대제전이다."

"흡혈마고의 소리를 들으니 힘이 솟구친다."

"피를 마시고 싶다."

흡혈마고의 북소리가 일대를 뒤흔들었다.

둥둥둥둥!

두우웅!

흡혈마고 소리가 강호의 무인들에게는 저주를 안겨 주지만 혈마교의 무인들에게는 축복이었다.

흡혈마고가 울리는 공간에서 혈마교인들은 최강의 힘을 내게 된다. 혈마교를 상대하는 자들은 최상의 힘을 내지 못한다.

소수의 격돌에서도 흡혈마공는 강한 효율을 발휘하였지만 대규모 전투에서의 효과는 최상이었다.

분지의 너른 평야에는 혈마교의 삼만에 달하는 엄청난 인원이 모여 있었다. 혈마교 전체의 무인은 물경 십만에 달하는데, 분지에 모여 있는 무사들은 그 가운데 최정예 실력자들이었다.

혈마교는 단일 세력으로 유일하게 마교와 맞상대를 할 수 있다고 강호에서 인정받고 있다. 엄청난 숫자의 무인들, 끝을 알 수 없는 높은 수준의 주술과 무공 등을 가지고 있다.

혈마교에는 한때 최악이었던 암흑의 시기가 있었다.

바로 고금제일마 혈마의 방문이 있었던 시기다.

고대 무림 시절부터 혈신을 믿고 따르는 혈마교의 교주이자 제사장은 항상 혈마로 불렸다. 교주로 등극하면서 속세의 이름을 버리고 혈마로만 남는다.

제일인자 마교에 밀려 항상 제이인자였던 혈마교의 힘과 세력은 욱일승천하였다. 그리하여 마교를 제치고 혈마교가 지고무상의 제일인자 위치로 올라서려고 할 때가 도래했다.

그런데 하필이면 고금 이래로 지상 최고의 재앙이라고 불리는 고금제일마 혈마가 혈마교를 방문했다.

'기분 나쁘다.'

고금제일마 혈마는 같은 별호를 쓰는 혈마교 교주 때문에
불쾌했다.

'오래전부터 사용해 왔는데……'

혈마교의 혈마가 꼬리를 말았다.

고금제일마 혈마가 등장하기 전부터 별호이자 칭호로 혈
마를 사용해 오던 혈마교 입장에서는 미치고 환장할 노릇이
었다.

고금제일마 혈마의 일 수에 혈마교의 혈마가 지상에서 소
멸됐다. 혈마교의 고수들이 떼거리로 달려들어 복수를 하려
고 했지만 삼만의 희생자를 만들어 내고서 눈물을 흘리며 뿔
뿔이 도망쳐야만 했다.

고금제일마 혈마의 방문 이후 욱일승천하던 혈마교는 지
상에서 자취를 감춰야 했다. 교주와 엄청난 수의 고수를 잃
어버린 것도 문제였지만 여전히 불쾌함이 남은 혈마가 혈마
교의 인물이 보이는 족족 박살 냈기 때문이었다.

그 이후 혈마교 교주의 별호이자 칭호는 혈황으로 바뀌었
다. 다행스럽게도 소식을 들었는지 고금제일마 혈마가 혈마
교를 재차 방문하지 않았고, 더 이상 혈마교의 무인들에게
손을 쓰지 않았다.

혈마교는 고금제일마 혈마가 방문했던 시절의 성세를 거
의 회복했다. 하지만 아직까지도 그때의 충격이 엄청났기에

강호 진출에 있어 조심스러운 모습을 보였다.

언젠가 다시 중원 무림에 등장할 고금제일마 혈마로 인해 혈마교의 준동이 아주 오랜 시간 멈춰 버렸다. 혈마가 의도하지 않게 강호 평화에 이바지했다.

여기에는 또 다른 비사가 있다.

사천성 옆의 청해에 자리 잡고 있는 사도 집단 혈마교는 고금제일마 혈마를 추앙하고 있는 단체라고 강호 무림에 알려져 있다.

그렇지만 마교에서 갈라져 나온 혈마교는 혈마와는 전혀 무관한 종교 단체이다. 이에 대한 강호 무림의 오해를 고금제일마 혈마와 연결시키면서 이득을 챙겨 왔다.

강호 무림에서 혈마교를 함부로 공략하지 못하는 이유 가운데 대표적인 것 하나가 바로 고금제일마 혈마의 눈치를 보기 때문이었다. 혈마교를 건드렸다가 분노한 혈마가 강호 무림에 재등장하는 걸 사람들이 극히 두려워하고 있었다. 의도치 않게 혈마 때문에 혈마교와 강호 무림이 서로의 눈치를 봤다.

두두둥!

두두둥둥!

흡혈마고의 북소리가 분지에 울리면서 혈마교의 무인들의 가슴을 부풀어 오르게 만들었다. 지금 이 순간 혈마교의 무인들이 하늘을 찌를 듯 사기를 내뿜고 있었다.

삼만 명의 무인들이 모인 중앙에는 십여 장 높이의 거대한 제단이 웅장하게 서 있었다. 붉게 칠해진 제단에서는 음산함과 함께 가공할 기운들이 연신 뿜어져 나왔다.

붉은 전포를 걸치고 있는 혈마교의 지배자인 교주 혈황이 가장 상석에 앉아 있었고, 그의 옆에는 사제들이 있었다.

사제들의 손에는 인피로 만든 채찍과 뼈로 만든 회초리가 들려 있다.

열 살 전후의 어린 소녀들 백 명이 알몸으로 방울 종을 흔들며 춤추고 노래하고 있었다. 가슴이 채 봉긋하게 솟지 않은 몸으로 연신 땀 흘려가면서 몸을 움직였다.

혈황 만세! 그대는 신성 안에서 찬란히 빛납니다.
교도들의 두 눈에 가득한 어둠을 몰아내 주소서!
혈황 만세! 피는 그대의 미덕입니다.
교도들이 몸에 피를 묻히게 해 주소서!
전지전능한 혈황 만세!
교도들을 구원해 주소서!

좌악! 좌악!
착! 차악!

사제들은 소녀들이 다가올 때마다 채찍과 회초리로 마구 때렸다.

채찍과 회초리가 사정없이 내리꽂혔다. 그럴 때마다 소녀들의 새하얀 피부가 쩍쩍 갈라졌다. 상처 사이로 붉은 핏물이 뭉클뭉클 솟아나왔다.

제단의 바닥이 소녀 백 명에게서 흘러나온 핏물로 붉게 물들었다.

"영세무적 혈황 만세!"

"천하제일 혈마교 만세!"

소녀들이 맞을 때마다 혈황과 혈마교를 찬양했다. 벌거벗은 맨살 위로 떨어지는 회초리와 채찍을 견디면서 순수하게 웃었다.

그녀들은 사제들이 가장 적합하다고 생각되어 뽑아 온 아름다운 미소녀들이었다. 정신이 몽롱해지는 몽환약과 함께 황혼단을 먹어 맞을수록 지독한 쾌감을 느끼고 있었다.

"호호호!"

"호호호호!"

세뇌된 그녀들이 미친 듯이 웃어 댔다.

혈마교대제전의 제식이 행해지는 동안 피가 튀고, 살이 튀었다.

혈마교는 피에 미친 광신도들의 집단이다.

딸이 희생자가 되었기에 통곡하는 교인들도 있었지만 미소녀인 딸을 기꺼운 마음으로 바친 사람들이 더욱 많았다.

혈마교대제전에서는 인신공희가 필수 불가결한 것이었다. 만일 제물 바치는 일을 그만둔다면, 혈마교의 악신은 그들에게 훨씬 더 혹독한 재앙을 내린다.

혈신은 신의 질서를 송두리째 뒤엎은 근원에 대한 갈망을 지닌 악신이다. 증오와 파괴인 동시에, 파멸의 화신이며 그 자체로 이미 존재와 선이라는 개념과 극명하게 대치되는 위대한 존재이다.

혈신을 추앙하는 혈마교는 질서에 대한 반역을 추구한다. 그렇기에 조화 안에 불협화음을 일으키는 데 있어 날뛴다.

"혈마교대제전을 시작한다."

자리에서 일어난 혈황이 선언과 함께 우수를 뻗었다.

파파팟! 파파팟!

백 개의 혈수가 일순간 튀어나와 온몸에서 피를 흘려 혈인이 되어 버린 소녀들의 심장으로 스며들었다.

퍼퍼퍽! 퍼퍼퍽!

백 개의 손에는 팔딱거리는 심장들이 들려 있었다.

"아아아!"

"아아! 아파."

심장을 빼앗기고 나서야 환각과 세뇌에서 풀려난 소녀들이

일제히 바닥에 쓰러졌다. 그녀들의 두 눈에서 생기가 빠른 속
도로 사라졌다.

콰득! 콰드득!

백 개의 심장이 혈수 안에서 으스러졌다.

피 중의 피!

진혈!

주르륵! 주르륵!

허공에 뜬 백 개의 붉은 손에 들린 심장에서 진혈이 흘러나
왔다. 생명의 기운이 듬뿍 담겨져 있는 붉은 피가 재단을 붉
게 물들였다.

"재물을 바쳤습니다. 신이시여!"

"신이시여! 우리들에게 힘을 주소서!"

사제들이 연신 기도문을 내뱉으면서 사이한 기운을 더욱
키워 나갔다.

후우우우! 후우우우우!

스르르르르! 스르르르르!

진혈과 함께 바닥에 뿌려진 피에서 붉은 안개의 기운이 넘
실넘실 피어올랐다. 자욱한 안개가 사방으로 마구 퍼져 나갔
다. 붉은 안개가 혈마교의 마인들에게 속속 스며들어 갔다.

사람을 죽여 그 힘을 받아들이는 참으로 끔찍한 광경이었
다.

"와아아! 혈황 만세!"

"우와아아아아! 드디어 본격적인 혈마교대제전이 시작됐다."

"힘이 들어오고 있다."

광기에 물든 혈마교의 마인들이 미친 듯이 소리를 질러 댔다.

혈마교대제전은 피와 죽음으로 시작하는 살인 축제였다.

제단 아래에는 삼장 높이의 단들이 동서남북 사방을 점하고 있었다. 각 단에는 혈마교를 지탱하고 있는 네 개의 거대한 기둥인 사대 가문의 사람들이 있었다.

남쪽 방위의 단에는 장손산호를 필두로 한 장손세가의 사람들이 보였다.

사실 장손세가는 혈마교의 사대 가문 가운데 하나이다.

몰락하고 있던 시절 장손세가는 혈마교에 가입하면서 힘을 축적했다. 장손세가의 진정한 정체는 혈마교의 중원 무림 진출을 위한 교두보인 셈이었다.

혈마교의 다른 삼대 가문은 북방의 하후세가, 동방의 단우세가, 서방의 구양세가였다.

강자지존의 율법에 따라 누구나 혈마교의 교주로 올라설수 있지만 역대로 교주인 혈황은 삼대 가문에서만 나왔다.

교주는 혈마교 최강자이다.

현 교주는 하후세가의 태상가주인 하후연개이다. 하후연 개는 백 년 전 혈황으로 등극한 뒤 지금까지 권좌를 유지하고 있었다.

혈마교의 사람들은 실력만 있다면 누구라도 혈마교대제전을 통해 혈황에 도전할 수 있었다. 그리고 혈황과의 싸움에서 승리하게 되면 차기 혈황으로 등극하게 된다.

혈마교대제전에서는 교주의 자리뿐만 아니라 다른 사람들의 직위 역시 무력으로 빼앗을 수 있다.

장손세가의 최강자인 장손산호는 혈마교 서열 제 이십사 위였다. 현경에 올라 있는 장손산호가 겨우 서열 이십사 위에 머물러 있었다. 혈마교의 전력은 엄청났고, 장손산호가 밀릴 정도로 초강자들이 즐비하였다.

혈마교대제전은 혈마교의 목숨을 건 서열 다툼의 장이었다. 피의 대축제인 셈이자, 위로 올라가기 위한 생사 비무의 결전장이었다.

『미친놈들이 넘쳐 나는군.』

선비족의 복장을 걸친 이한열은 현재 장손산호의 왼쪽에서 제단 위의 인신공양을 지켜보고 있었다. 사람을 죽인 적은 많지만 제단 위에서처럼 미쳐서 날뛰지는 않았다. 그리고 편하게 앉지 못하고 서 있다는 것 자체가 불쾌했다.

그러나 혈황 앞에서는 그 어떤 사람도 절대로 앉을 수 없었다. 사대 세가의 가주들이라고 해도 혈황이 허락하는 경우가 아니면 앉지 못하였다.

그러므로 혈마교대제전에 의자는 오직 중앙 제단의 혈황의 자리 하나밖에 없었다.

『피에 미친놈들입니다.』

피를 보는 일에 있어서 무감각한 천도훈이 치를 떨었다. 그 역시 검을 들고서 이한열의 좌측에서 장손세가의 인물로 위장하고 있었다.

『조심하시오. 혈황은 전음을 훔쳐서 들을 수 있는 자이니.』

장손산호가 이한열에게 조심스럽게 전음을 건넸다.

혈마교를 지배하고 있는 혈황은 타의 추종을 불허하는 강자였다.

태평하게 전음을 보내다가 혈황에게 들켰다가는 그야말로 만사휴의였다.

그는 한시도 긴장을 풀 수 없었다.

혈마교대제전에 외부인을 참가시켰다는 사실이 발각되면 그는 물론 이한열까지 갈기갈기 찢겨서 죽게 된다. 혈마교대제전은 오직 혈마교의 인물들만 참가가 가능했다.

하지만 이한열도 어떻게 보면 혈마교의 인물이라고 볼 수 있었다.

『걱정하지 마요. 기파를 차단하고 있으니까.』

이한열은 이미 주변을 완벽하게 조율하고 있었다.

전음을 중간에서 알아차릴 수 있는 건 대기 중으로 퍼져 나가는 기파 때문이다. 기파를 잡아낼 수 있는 초월적인 감각을 가지고 있으면 전음을 알아내는 건 어렵지 않다.

이한열도 주변에서 일어나는 전음을 중간에서 잡아낼 수 있다. 그렇기에 잡아내지 못하도록 전음의 기파를 완벽하게 중화시키는 것도 가능하다.

『혈마교에는 강자들이 많구나.』

이한열의 피부를 찌릿찌릿하게 파고들 정도의 기파들이 사방에서 마구 넘실거렸다. 중앙에 있는 혈황의 기운이 가장 강렬했고, 동방 제단에서는 중년 미부 단우령이 심상치 않은 기운을, 북방 제단에서는 우람한 체격의 하후국이 묵직한 기운을, 서방 제단에서는 작은 여자 아이 구양마혜가 요요한 기운을 뿜어냈다.

『역대 최강이라고 평가할 수 있는 정도이지요. 힘이 넘쳐나서 금방이라도 밖으로 빠져나가려고 하고 있소.』

『장손세가가 가장 약하구나.』

기분 좋을 때는 나이와 배분을 존중해서 존대할 때도 있지만 이한열은 장손산호에게 거의 하대를 하고 있었다.

『끄응!』

직설적으로 파고드는 말에 장손산호의 얼굴이 흉하게 일 그러졌다. 약한 걸 약하다고 하는 건 자연스러웠지만 이한열의 말에는 묘한 비아냥이 섞여 있었다.

'빌어처먹을 놈! 육시랄 놈의 새끼!'

군자로 알려진 장손산호가 속으로 마구 욕설을 내뱉었다. 이한열을 만나고 난 뒤 입이 험해지고, 마음이 시궁창으로 변해 버렸다.

장손세가는 사대 세가 가운데 가장 마지막에 혈마교에 입교했고, 다른 사대 세가와 달리 교주의 자리에 단 한 명도 올리지 못했다.

혈마교의 진정한 힘은 장손세가를 제외한 삼대 세가에 있다는 말이 있을 정도였다. 그리고 슬프게도 장손세가는 그런 말에 반박을 하지 못하고 있었다.

혈마교의 사대 세가에 올라서 있지만 분명히 다른 삼대 세가와는 격이 달랐다. 장손세가의 최강 전력인 장손산호가 다른 삼대 세가의 다섯 번째 고수에게도 밀리는 형국이었고, 양적인 면에서도 부족했다. 그저 언젠가 있을 중원 진출의 교두보가 될 장손세가를 사대 세가에 합류시켰을 뿐이었다.

혈마교는 강자지존의 율법을 철저하게 지키기로 유명한 곳이었다. 강자는 약자의 위에서 군림하면서 자유로웠고, 약자는 강자의 눈치를 살펴야만 했다.

삼대 세가는 장손세가에서 뽑아먹을 수 있는 건 모두 쪽쪽 뽑아 댔다. 삼대 세가에게 여기저기서 치이다 보니 장손세가는 다른 세가들과 사이가 좋지 않았다.

그런 와중에 장손산호는 이한열에게 요즘 들어 더욱 갈굼을 당하고 있었다.

그도 그럴 것이 혈마교에 세가가 소속되어 있다는 사실을 알리지 않았기 때문이었다.

몰락하고 있던 장손세가가 강대한 힘을 가지게 된 것은 혈마교에 투신했기 때문이었다. 장손세가의 일반 무사들은 이런 진실을 알지 못하고 있다. 알고 있는 사람들은 장손산호를 비롯해서 몇 명 되지 않았다. 그리고 가주 역시 비밀을 알고 있는 인물 중 하나였다.

이번에 가주로 취임을 하면서 진실을 알게 된 장손범철이 이한열에게 사실을 어렵게 토로했다. 엄청난 이야기를 들은 이한열이 장손산호를 추궁하였고, 모든 전모를 알게 됐다.

이한열이 혈마교대제전에 오게 된 건 장손범철의 부탁이 있고 난 뒤였다. 혈마교에 지대한 관심을 가지고 있었기에 쉽게 응했다.

혈마교!

이한열과도 각별한 인연이 있었다.

사갈철왕 여관숙!

여관숙과 함께했던 가상현실 체험은 이한열에게 특별한 것이었다. 무공을 처음 익혔을 때의 추억을 떠올리면서 혈마교에 방문했다.

'사갈철왕 여관숙!'

이한열의 스승이라고도 할 수 있는 인물이 바로 사갈철왕 여관숙이었다. 여관숙이 집필한 사갈철왕이란 서책을 통해 외가비망을 익히면서 배교의 힘을 얻게 됐다.

'혈마교의 혈세서고와 혈도서고를 보고 싶었는데, 이번 기회에 방문할 수 있겠군.'

이한열은 사갈철왕과의 인연에서 혈마교 서적의 양에 놀랐었다. 여관숙이 혈세서고에 방문했을 때를 간접경험하면서 얼마나 부러웠던가!

그 부러움을 이번에 지워 버릴 수 있었다.

무공을 익히기 시작할 때부터 원하던 희망을 이룰 수 있게 됐지만 아쉽고 슬픈 일도 있었다.

이한열은 이 기회에 여관숙을 직접 만나 보려고까지 하였다.

그러나…….

'작년에 사망했다니 너무 아쉽다.'

극비리에 마교와 관련된 작전에 나간 여관숙이 싸늘한 시신이 되어 돌아왔다고 한다. 마교의 삼태상 가운데 한 명인 살인마벽 형마초에게 당했다.

이한열은 직접 보고 싶었던 여관숙을 만날 수 없게 되어 너무 아쉬웠다. 허무했다. 가상현실은 생생했지만 꿈이었다.

꿈은 꾸는 때가 아니라 실천할 때 가치가 있는 법이다. 가상으로 만나는 즐거움과 직접 대면하면서 이야기하는 것은 천지 차이다.

'원한은 갚아 주겠습니다. 사부!'

그가 은연중에 사부라고 생각하고 있었던 여관숙의 복수를 다짐했다.

복수는 살인마벽 형마초에게 국한될 수 있었고, 마교 전체일 수도 있었다. 마교의 힘이 강대하면 형마초만 처리할 생각이었고, 기회가 된다면 여관숙의 복수를 핑계로 마교 전체를 위협할 작정이었다.

사부 여관숙의 복수를 처리하려는 와중에도 여러모로 따지면서 이득을 먼저 생각하는 이한열이었다.

이한열을 이기주의자이면서 지독한 현실주의자이다. 그렇기에 여관숙과의 추억에 빠져 감상에 젖어들지 않았다.

지금 당장 이득을 누릴 수 있는 삶을 추구했다.

第四章

혈황배 쟁탈전

"혈황의 자리에 도전할 자가 있는가?"

혈황이 담담함 음성으로 물었다.

"절대독류강기를 십이성 대성한 단우령이 혈황의 위에 도전하겠어요."

사자후를 터트린 단우령이 혈황의 자리에 도전하겠다는 의사를 천명했다.

"허억!"

"절대독류강기를 대성하였다고?"

"세상을 독으로 무너뜨릴 수도 있는 절대독류강기의 출현이라!"

"절대독류강기라면 혈황의 자리를 충분히 넘볼 수 있다."

혈마교의 마인들이 웅성거렸다.

절대독류강기는 독공에서 최고의 위치를 차지하고 있는 절대신공으로 단우세가의 가전무공이다. 고금오마 가운데 한 명인 겁황독성 원굉도의 독공을 유일하게 짓누를 수 있는 독공이 바로 절대독류강기라는 평가를 받는다.

절대독류강기는 대성하는 것이 너무나도 어려웠기에 단우세가의 무인들 중 초대 가주 이후 어느 누구도 지고의 경지에 오르지 못했다. 절대독들을 몸에 받아들여야 하는 과정에서 한 잔의 물로 녹아들어 간 수련자들이 많았고, 단우세가의 기재와 천재들이 수없이 죽어 나갔다. 엄청난 피해에 단우세가에서는 절대독류강기를 금지 무공으로 지정하기까지 했다.

세상에서 사라진 절대독류강기가 단우령을 통해 다시금 모습을 드러냈다.

강호에는 고금 이래 전설적인 십 인의 무인이 있다.

신화적인 위대한 무인들은 고금제일마 혈마의 아래에 위치하고 있다. 십 인의 무인은 강호 무림의 뿌리이자 번영의 중심이다.

환우오성(桓宇五聖)! 여의천검 사무량! 자부신군 왕창령! 육합노조 고염! 공운 거사 소후량! 남천성모 주자약!

고금오마(古今五魔)! 천마대제 심우영! 번뇌환마! 소수마 후 여희! 신비음양마! 검황독성 원굉도!

십 인의 절대 초인들은 강호 무림을 뒤흔들었고, 지금도 막강한 영향력을 미치고 있다.

백도 진영의 환우오성은 강호 무림을 이롭게 하였고, 사마외도 진영의 고금오마는 강호 무림을 황폐화시켰다. 환우오성이 등장했을 때는 정도가 강호를 지배하였고, 고금오마가 나타났을 때는 마도가 거대한 피의 향연을 펼쳤다.

불멸의 신화를 남긴 환우오성과 고금오마를 합쳐 환우고금 십천성이라고 부른다. 십천성들은 정통의 본류뿐만이 아니라 수많은 지류들을 만들어 냈고, 이는 강호 무림의 근간으로 자리를 잡았다.

바아아아! 바아아아아!

기묘한 소리와 함께 단우령의 팔만사천모공에서 자색의 기운이 흘러나왔다. 기운들이 뭉치면서 자색 구름을 만들었다.

"자연운이다."

"절대독류강기을 최후까지 익혔을 때만 만들 수 있는 자연운의 출현이야! 단우세가 단우령의 말은 거짓이 아니야."

자연운의 출현은 혈마교를 떠나 강호 무림 전체를 뒤흔들 커다란 사건이었다. 대량 살상과 절대 고수 독살이 가능한

절대독류강기를 대성까지 익힌 고수의 등장은 그만큼 파급
력이 컸다.

독성!

단우령은 독공을 익힌 무인들이 오를 수 있는 최후 단계
에 올라섰다. 지금 이 순간 고금오마 가운데 한 명인 겁황독
성 원굉도과 어깨를 나란히 하고 있었다.

"음!"

전혀 예상하지 못한 강적의 등장에 혈황이 침음을 흘렸
다. 그리고 하후세가 사람들의 안색이 딱딱하게 굳어졌다.

"구음진경과 구양진경을 대성한 구양세가의 구양마혜도
혈황의 자리에 도전하겠어요."

작은 체구의 구양마혜의 음성이 짤랑짤랑하게 사방으로
퍼져 나갔다.

화르르르! 화르르르!

사아아앙! 사아아아!

오른손에서는 극양 기운의 결정체가 도의 모습으로, 왼손
에서는 극음 기운의 결정체가 검의 모습으로 흘러나왔다.

극양과 극음의 두 가지 기운을 상생 그리고 상충시킬 경
우 엄청난 힘을 발휘하게 된다. 극양과 극음의 절기를 한 몸
에 받아들인다는 건 짚을 지고 불구덩이에 뛰어드는 것과 진
배없는 일이었다. 사실상 불가능에 가까웠다.

그런 일을 최초로 성공시킨 강호인이 바로 신비음양마였다. 극양의 힘을 뿜어내는 우수와 극음의 힘을 토해 내는 좌수가 뿌려질 때마다 시산혈해가 만들어졌다.

화룡도와 빙룡검을 만들어 낸 순간 구양마혜는 신비음양마의 화신이나 마찬가지였다.

"화룡도, 빙룡검이다."

"구음진경의 빙룡검! 구양진경의 화룡도! 신비음양마의 진신절기인 음양진경을 구양마혜가 대성하다니, 놀랍다."

"고금오마 가운데 한 명인 신비음양마의 최대절기가 나타났다. 혈황의 자리를 다투기에 부족함이 하나도 없어."

"와아아아아!"

혈마교의 마인들이 엄청난 함성을 질렀다.

교주의 자리를 놓고 다투지 않으면 허무하게 넘어갈 수 있는 혈마교대제전이 뜨겁게 달아올랐다. 혈마교대제전의 꽃은 누가 뭐라고 해도 혈황배 쟁탈전이었다.

"올해는 혈황배 쟁탈전이 열리는구나."

"그동안 너무 심심했어."

"혈마교대제전에서는 혈황을 향한 다툼이 있어야지."

"맞아."

혈마교의 마인들에게는 애석하게도 혈황배 쟁탈전은 십 년 동안 한 번도 열리지 않았다. 백 년 동안 철권통치를 하고 있는 혈황이 너무나도 강력했기 때문이었다. 교주의 자리에 올라선 현 혈황은 도전자들을 모두 시체로 만들어 버렸다.

십 년이라는 시간 동안 절치부심한 단우세가와 구양세가가 이번에 강력한 도전자를 내보냈다.

"혈황의 자리에 도전할 사람이 더 있는가?"

고금오마에 필적하는 두 도전자가 나왔음에도 불구하고 혈황의 무심한 눈빛이 사방을 훑었다. 그런 모습이 무척이나 여유로워 보였다.

"장손세가의 장손무기가 혈황의 자리에 도전합니다."

장손세가의 장손무기 신분을 뒤집어쓰고 변장까지 한 이한열이 우수를 들어 올리면서 선언했다.

방계인 장손무기는 실제로 호적에 등록되어 있는 인물이었다. 진짜 장손무기는 현재 장손세가의 지하 연공실에 머물러 있었다. 그리고 앞으로도 영원히 어둠 속에서 지내야만 했다.

장손세가는 그 대가로 장손무기의 가족들에게 많은 혜택을 약속했다.

이한열의 선언에 좌중이 일순간에 조용해졌다.

"음!"

강력한 도전자들의 등장으로 심기가 편하지 않았는데 들

도 보도 못한 장손무기의 도전에 혈황이 불쾌한 신음을 내뱉었다.

하후세가의 사람들이 일제히 장손무기를 노려보았고, 특히 가장 선두에 선 하후국의 안색은 딱딱하게 굳어졌다.

"감히!"

"천둥벌거숭이 같은 놈!"

"세가의 최고수가 겨우 서열 이십사 위에 불과한데, 혈황을 노린다고? 미친놈이군."

장손세가의 최고수 장손산호가 혈마교에서 서열 이십사 위에 불과하다. 장손산호가 혈황의 자리에 도전하는 자체도 우스운 일인데 들어 보지도 못한 장손무기의 도전은 어처구니가 없었다.

사방에서 몰아붙이는 비난 소리에 장손산호가 나섰다.

"제가 한 말씀 드리겠습니다. 세가의 최고수 자리는 제가 아닌 장손무기입니다. 저는 장손무기의 십초지적이 되지 못합니다."

"뭣이라!"

"거짓말!"

"못 믿겠다."

"저 젊은이가 최소 현경의 고수라고?"

혈마교 사람들의 시선이 이한열에게로 꽂혔다. 극히 평범해 보이는 이한열의 모습 어디에도 가공할 힘이 느껴지지 않았다.

"저를 이긴 장손무기는 최소 현경의 고수입니다. 부끄럽지만 장손무기의 무위가 어느 정도인지 저는 알지 못하고 있습니다. 그리고 잠시 뒤 밝혀질 일인데 제가 무엇 때문에 거짓말을 하겠습니까?"

장손산호의 말에 사방이 일순간에 조용해졌다.

사람들의 두 눈으로 직접 보면 될 일이라는 소리였다.

우우우웅! 우우우웅!

갑자기 묵직하면서 장엄한 울음소리가 울렸다.

"무슨 소리지?"

"어디서 나는 거야?"

"장손무기, 저 자다."

사람들의 시선이 모조리 몰린 가운데 이한열이 우수를 들어 올렸다.

우우우웅! 우우우웅!

장심에서 흘러나온 무형의 기운이 유형화되면서 하나의 투명한 칠 척의 장검을 만들어 냈다. 칠 척 장검에서 흘러나오는 힘이 일대를 묵직하게 찍어 눌렀다.

"무형검이다."

"단순한 무형검이 아니야. 뭔가 더 있어."

"심검이다. 저 무형검에는 마음이 담겨져 있어."

심검의 묘리가 담긴 무형검을 바라보는 혈마교 마인들은 피가 들끓어 올랐다. 가공할 무위를 내보이고 있는 장손무기의 등장에 가공할 함성을 내질렀다.

"와아아아! 저 정도면 화룡도와 빙룡검에 밀리지 않을 무형검이다."

"절대독류강기와 능히 견줄 수 있는 힘을 지녔어."

"와아아아아! 올해 혈황배 쟁탈전은 정말로 흥미진진하다."

이한열은 보여 주는 데 있어 능숙한 사람이었다. 무시를 당하고서 가만히 있을 수 없었다. 보란 듯이 보여 줘서 인정받으려고 했다.

슥!

그가 가볍게 손을 떨쳤다.

바아아앙! 바아아아앙!

어검술로 다스려지는 무형검이 천 리를 나아가면서 검강을 마구 흩뿌렸다. 심검이 깃든 이기어검강의 무형검이 천지를 가르면서 나아갔다. 그러면서 순식간에 하나의 점이 되어 사라졌다.

스팟!

팟!

파앗!

혈황과 단우령, 구양마혜의 시선이 이한열에게로 와서 꽂혔다. 혈황의 시선에는 적기가 가득 넘치는 반면, 단우령의 눈빛에는 흥미로움이 있었고, 구양마혜의 눈길은 무척이나 야릇했다.

'얕보지 마라. 너희들이 아래로 내려다 볼 내가 아니다.'

이한열이 고개를 빳빳이 들고 세 명과 눈길을 마주쳤다.

"도전을 받아들인다. 혈황의 자리를 향한 도전은 밑에서부터 이뤄지는 법! 본 혈황은 최후의 일인과 대결을 할 것이다. 최후의 일인이 가려질 때까지 싸워라."

혈황이 선언했다.

그때였다.

"혈황님! 저도 이번 도전에 참여할 수 있게 해 주십시오."

"네가?"

"혈황의 위치에 올라설 수 있는 도전자들인지 제가 가늠해 보고 싶습니다."

혈황의 손자인 하후국은 불세출의 천재로 혈왕자라 불리며 하후세가의 모든 절기를 대성했다. 하후세가를 넘어 혈마교에서 차기 혈황으로 인정받을 정도였다.

"그것도 나쁘지 않겠지."

혈황이 승낙했다.

『이번 기회에 네 손으로 도전자들을 쓰러뜨려라! 그리하면 차기 혈황의 자리는 네 것이다.』

『하후세가의 힘을 보여 주겠습니다. 그리하여 혈황의 자리는 영세토록 하후세가의 것이라는 걸 천하에 알리겠습니다.』

『좋다. 너의 실력이면 고금오마가 이 자리에 현세하였다고 해도 능히 쓰러뜨릴 수 있다.』

철권통치를 하고 있는 혈황의 육체는 최전성기를 지나 쇠락기에 접어든 상태였다. 아직까지 내공은 유지하고 있었지만 조만간 줄어들 것이 분명했다.

혈황은 차기 혈황의 자리가 하후세가에서 나올 수 있도록 밀어줬다. 그렇기에 혈황만이 익힐 수 있는 무공들까지 은밀하게 하후국에게 전수했다.

'국이라면 혈황의 자리를 물려줄 수 있지. 이번 기회에 도전자들을 모조리 쓰러뜨린다면 모든 사람들의 인정을 받으면서 혈황의 자리에 올라설 수 있다.'

혈황은 손자인 하후국의 능력을 믿고 있었다.

콰우우우! 콰우우우우!

하후국이 가공할 패기를 뭉클뭉클 토해 냈다.

무지막지한 힘 앞에서 대기까지 견디지 못하고 흔들리면서 밀려났다. 모든 걸 짓누르면서 박살 내겠다는 듯 강한 힘에 의해 중첩되어 일렁거렸다.

"오오오! 혈왕자 하후국의 등장이다."

"혈왕자의 위용이 앞의 세 사람에 비해 부족함이 없어."

"모르는 소리! 더욱 가공할 힘이다."

하후세가의 사람들을 위시하여 혈마교의 마인들이 일제히 환호했다. 혈황배 쟁탈전에 혈왕자까지 등장했다는 건 싸움이 더욱 치열해지고 싸움 횟수가 늘어났다는 이야기였다.

"강자존의 절대 율법에 따라 혈황의 자리에 대한 도전을 허락한다. 규칙에 따라 하위 서열이 상위 서열에게 도전을 하는 방식으로 하며 혈마교대제전에 한 번도 등장하지 않은 장손무기가 서열 칠 위인 혈왕자에게 도전하는 걸로 혈황배 쟁탈전의 시작을 알리겠다."

불합리하다고 생각할 수도 있겠지만 혈마교는 강자에 모든 율법이 맞춰져 있다. 하수는 아래에서부터 차근차근 올라서야만 했다.

이한열이 혈황의 자리에 올라서려면 서열 칠 위 혈왕자, 서열 오 위 구양마혜, 서열 이 위 단우령에 이어 혈마교의 교주인 혈황까지 총 네 번에 생사 비무를 이겨야 했다.

'이번 기회에 내 한계를 알아보는 것도 나쁘지 않아.'

이한열이 빙그레 웃었다.

근래 들어 수차례의 기연과 함께 깨달음을 접하고 난 뒤

그는 스스로의 한계를 인지하지 못하고 있었다. 최강의 힘을 끄집어낸 적이 없었고, 대적하는 상대에게 곤란함을 느껴 보지도 못했다.

'진심으로 바란다. 한계 이상의 힘을 끌어낼 수 있게 힘을 내 다오.'

이한열이 혈왕자를 바라보면서 응원했다.

쉬운 싸움은 재미가 없었고, 배울 공부도 거의 없었다.

스륵!

혈왕자 하후국이 단단하기로 유명한 청강석이 깔린 대결장 위로 이형환위를 발휘하면서 올라섰다.

"와라!"

까닥! 까닥!

이한열에게 시선을 고정시킨 하후국이 검지를 움직이면서 도발했다.

"훗!"

이한열이 웃었는데, 내면에서는 분노가 보글보글 솟아오르고 있었다. 그럼에도 불구하고 대결장으로 향하는 그의 발걸음은 조용하고 편안했다.

저벅! 저벅!

경신법을 발휘하지 않은 평범한 걸음걸이였다.

"왔다. 덤벼 봐!"

십 장의 거리를 사이에 두고 하후국과 마주선 이한열이 오만하게 이야기했다.

까닥! 까딱!

하후국과 똑같은 손가락질을 이한열이 했다.

다만 다른 점이 있다면 검지가 아닌 중지라는 점이었고, 한 손이 아니라 양쪽 손 중지가 다 빳빳하게 서 있다는 점이었다.

사마외도들 사이에서 쌍중지가 포함하고 있는 의미는 안 좋은 쪽으로 상당했다.

"……."

대결장 위에서 쌍중지를 목격한 하구국의 얼굴이 멍해졌다. 생각지도 못한 일에 당황한 표정이 역력했다.

"대결장에 올라와서 무슨 생각을 그리도 멍하게 하는가? 악한 마음을 먹고 공격했으면 너는 지금 송장이 되어 있었을 거다."

"놈!"

얼굴이 벌겋게 달아오를 정도로 하후국이 분노했다.

우우우우! 우우우우우!

쿠쿠쿠쿠쿠! 쿠쿠쿠쿠쿠!

일갈과 함께 대기가 터져 나갔다.

퍼퍼퍽! 퍼퍼퍼퍽!

단단한 청강석까지 가루가 되어서 비산하였다.

우우웅! 우우웅!

하후국의 몸을 타고 시퍼런 강기로 만들어진 용 한 마리가 비상했다. 하후세가의 강룡혈음강기로 만들어진 호신청룡이었다.

"오! 잘 만들어진 용을 호신용으로 사용하다니, 좋은 생각이야."

이한열이 청룡의 등장에 만족스러운 탄성을 터트렸다.

살아 있는 듯 꿈틀거리는 청룡의 두 눈에서 시뻘건 불길이 흘러나왔고, 빳빳이 일어선 비늘에서는 일일이 강기들이 일렁였다.

바로 이런 신선한 공부가 이한열이 찾고 있던 것들이다.

저벅! 저벅!

이한열이 청룡을 향해 가깝게 다가섰다.

"죽어라!"

청룡에 내공을 잔뜩 주입하면서 하후국이 살기를 터트렸다.

카아아아! 카아아아!

청룡이 용음을 토해 내면서 가까이 접근한 이한열을 꽁꽁에워쌌다. 청룡의 머리와 발끝이 꽈배기처럼 꼬이면서 똬리를 틀고 있는 광경이었다.

그때였다.

파파팟! 파파팟!

강기를 머금고 있는 청룡의 용린이 일제히 이한열의 몸을 향해 천지 사방으로 폭사되었다.

콰우우우우우우!

청룡의 두 눈에서 뿜어진 붉은 살인 광선이 도도하게 휘몰아쳤다. 하후세가의 가주만이 익힐 수 있는 구유백골음명신공이 가진 저주의 기운을 담고 있었다.

구유백골음명신공의 힘이 담겨져 있는 살인 광선은 스치기만 해도 살이 썩고, 뼈가 문드러지며, 종국에는 목숨을 잃게 만든다.

"겁 많은 개일수록 사납게 짖는 법이지."

이한열 오롯이 서서 쇄도하는 용린과 살인 광선을 감상했다.

퍼퍼퍽! 퍼퍼퍽!

팟! 파앗!

시퍼런 용린들과 두 줄기의 살인 광선이 이한열의 몸에 작렬했다.

콰우우우! 콰우우우!

가공할 공격에 의해 광풍이 휘몰아쳤다.

"하하하하! 찌릿하네."

머리카락 한 올의 피해도 입지 않은 이한열이 웃음을 터트렸다.

"사람을 죽이는 데는 부족하겠지만 먼지를 터는 데는 최고네."

툭! 툭!

이한열이 옷자락을 손으로 터는 몸짓을 했다.

보는 사람을 약 올리는 특유의 몸짓이었다.

'사성의 진기를 사용했을 뿐이지만 멀쩡하다니……'

당혹스러울 만큼 멀쩡한 모습에 하후국이 놀랐다.

그의 청룡은 혈황도 무방비 상태의 맨몸으로 맞으면 위험할 정도로 위력적이다. 그런 청룡이 머리카락 한 올도 상하게 하지 못했으니 하후국의 자존심에 상처를 주기 충분했다.

그리고 이어지는 이한열의 말과 행동에 하후국의 마음이 상했다.

"놈! 전심전력으로 쓰러뜨려 주마."

하후국은 이한열을 얕보는 마음을 없앴다.

적당히 이한열을 상대하면서 다음 상대인 구양마혜와 단우령을 위해 전력을 유지할 작정이었다. 비전 오의와 최강 무공들을 숨길 생각이었는데, 그것이 오산임을 깨달았다.

"말로만 떠들지 말고 제대로 해 봐."

이한열은 새로운 경험을 하고 싶었다.

이제껏 경험하지 못한 공부는 신세계로 가는 열쇠였다.

휘우우우! 휘우우우!

요사한 기운을 내뿜기 시작한 하후국의 두 눈이 희뿌옇게 물들어 갔다. 종국에는 완전한 번뇌회안이 되어 버렸다.

"오! 번뇌회안은 번뇌환마의 절기가 아닌가."

번뇌회안을 정면에서 응시하고 있는 이한열의 주변 풍경이 흐릿해지면서 흔들거렸다.

아니다.

주변 풍경이 아니라 이한열의 정신이 흔들리고 있었다.

번뇌회안은 무공인 동시에 주술이었다. 정신적인 부분을 파고들기 때문에 무공이 강하다고 해서 무조건 막을 수 있는 것이 아니었다.

"와아! 이번에는 번뇌환마의 기술 등장이다."

"이러다가 고금오마가 모두 나오겠어."

"대결이 점점 흥미로워진다."

혈마교의 사람들이 고금오마 가운데 하나인 번뇌환마의 절기에 환호했다.

혈마교에는 십천성의 초절기들이 있었고, 그것들 가운데 일부는 혈황만이 익힐 수 있었다. 현 혈황인 하후연개가 하후국에게 번뇌환마의 번뇌회안을 전수하였다.

"잠이 안 올 때 번뇌회안을 접하면 딱 좋겠어. 딱 그 정도

용도에 불과해."

이한열이 눈에 힘을 주었다.

번뇌회안을 접하고 시선이 어지러워졌던 건 이한열이 순순히 공격을 받아들였기 때문이었다. 만약 처음부터 번뇌회안의 사념과 주술력을 막아섰다면 애당초 시선이 흔들리는 일 따위는 눈곱만치도 없었을 것이다.

빠직! 빠지직!

신성의 힘에는 파사의 힘이 깃들어 있었다.

이한열이 성스러운 힘이 깃든 두 눈을 부릅뜨면서 회색안을 직시했다.

빠지직! 빠지직!

신성안과 회색안이 정면으로 격돌했다.

신성의 힘 앞에서 요사한 힘이 깃든 회색안이 찰나도 버티지 못하고 무너졌다. 요사한 힘은 신성 앞에서는 더욱 약했다.

"크으윽!"

하후국이 두 눈을 깜박거리면서 침음을 흘렸다.

주르륵! 주르륵!

피눈물이 흘러나왔다.

파사의 힘이 담긴 신성안 앞에서 회색안이 깨어진 결과였다.

하후국은 눈에서 전해지는 지독한 통증에 정신을 차릴 수가 없었다.

"회색안이 정신을 분열시키고 일신상의 무위를 약화시키는 건 확실하다. 하지만 절대적이지는 않아. 더 강한 힘 앞에서는 잡아먹히는 법이야."

이한열의 친절하게 설명해 줬다.

그는 정말로 친절을 베풀었다.

만약 신성안에 신성을 더 심었다면 회색안은 완전히 박살 났을 것이다. 아직 싸움이 남아 있다고 여겼기에 하후국의 눈알에 약간의 상처만 준 것이었다.

하지만 그런 친절이 하후국에게는 이죽거림과 조롱으로 다가왔다.

빠드득! 빠득!

하후국이 이를 부득부득 갈았다.

너무 이를 갈아 대서 이한열이 미안한 마음을 약간이나마 가질 정도였다. 그렇지만 측은지심보다 기쁘고 즐거운 마음이 비교할 수도 없을 정도로 컸다.

대적하고 있는 적의 불행을 순수하게 기뻐할 수 있을 정도로 이기적인 이한열이었다.

흐릿하게 보이기 시작한 하후국의 시야에 히죽 웃고 있는 이한열이 보였다.

"죽여 주마."

최후의 비전인 혈우멸절신공을 일으킨 하후국의 몸에서 사악한 핏빛 기운이 뭉클뭉클 흘러나왔다.

스팟! 스팟!

핏빛 기운들이 거세졌다.

혈우멸정신공을 접하고 있는 이한열이 따끔따끔함을 느꼈다. 신성을 뿌리고 있는 이한열의 몸까지 침입할 정도로 강대한 사기였다.

혈우멸정신공은 일대종사인 혈황 하후연개가 하후세가의 절기에다가 혈황의 무공들을 섞어서 새롭게 창안한 무공이다.

혈우멸절신공을 극성으로 익히게 되면 천지개벽을 할 수 있는 사악 패도의 힘을 얻게 된다. 그리고 하후국은 그런 사악 패도를 얻었다.

"쳇!"

이한열이 혀를 차면서 안타까움을 드러냈다.

그는 중대한 실수를 저지른 느낌을 받았다.

하후국을 상대로 충분히 에둘러서 부드럽게 접근했다면 가지고 있는 절기를 모조리 토해 내게 만들 수 있었다.

너무 강한 충격을 받았기에 중간을 건너뛰고 하후국이 최강의 힘을 뿜어내려 하고 있었다.

"역시 어디로 튈지 모르는 어린아이들은 대하기가 힘들
어."

이한열이 핏빛 기운을 접하는 가운데에서도 산책을 나온
듯 평온한 시간을 보냈다.

그런데 정작 나이는 혈왕자 하후국이 이한열보다 많은 상
태였다.

퍼억!

하후국의 손에서 일어난 시뻘건 수강이 이한열을 향해 번
개처럼 날아들었다.

슥!

이한열이 우수를 들어 수강을 막아 냈다.

퍼억!

육중한 소리와 함께 시뻘건 수강이 사라졌는데 이한열의
우수는 여전히 제자리에 있었다.

"짜릿해."

이한열이 찌릿함을 넘어서 짜릿함을 안겨 줬다고 시뻘건
수강을 평가했다. 수강은 청룡보다 족히 네 배는 강력한 일
격이었다.

"아까보다 강한 건 인정하지. 애석하게도 큰 차이는 없
어."

이한열의 위치에서 볼 때는 청룡이나 수강이나 큰 차이가

없었다. 찌릿이 짜릿으로 바뀌었을 뿐이다.

높은 위치에서 바라볼 때 아래에 위치한 것들은 거기서 거기였다. 오십보백보의 간격은 하수들에게나 커 보이지 고수들의 입장에서 볼 때는 대수롭지 않은 차이였다.

"크아아악! 놈!"

하후국이 극성으로 혈우멸절신공을 일으키면서 이한열에게로 쇄도했다.

카아아아! 카아아아!

쿠쿠쿠쿠쿠! 쿠쿠쿠쿠쿠!

사악한 패도의 힘이 이한열을 짓눌러 갔다.

그러나 상대가 나빴다.

사악한 힘은 신성 앞에서 빛이 바랬고, 패도는 더욱 큰 패도 앞에서 무릎을 꿇었다. 사악 패도의 장점이 이한열 앞에서 모두 사라졌다.

이한열은 미풍이 불어오는 대지에서 봄볕을 쬐는 것처럼 여유롭게 우수를 들어 올려 휘둘렀다.

슥!

가벼운 소리가 이는 가운데 하후국이 어깨를 움켜잡고 뒤로 물러났다.

툭!

오른팔이 땅에 떨어지면서 퍼덕거렸다.

"으으으!"

하후국의 얼굴은 이미 공포에 질려 있었다.

하후세가에서 태어나 천재로 살며 탄탄대로를 걸어 온 그는 이한열을 만나 처음으로 절망감을 맛보았다. 지독하리만치 큰 격차를 보여 주고 있는 적 앞에서 더 이상 어떤 수를 생각하지 못했다.

난생처음으로 사정 봐주지 않는 고수를 만난 하수의 진면목이었다.

"멈춰라."

대노한 혈황이 일갈하면서 외쳤다.

오른손을 잃어버린 하후국의 일방적인 패배를 목격하고 가공할 혈기를 뭉클뭉클 뿜어냈다. 부지불식간에 벌어진 일이었다.

"크아아악!"

"아아악!"

"악!"

제단 위에 있던 사제들이 혈기에 휩쓸리며 단말마의 비명을 토해 냈다.

카아아앙!

공기를 꿰뚫는 소리가 함께 무형의 기운이 이한열의 심장을 노리고 쇄도했다.

팟! 파팟!

이한열이 칠성의 방위를 밟으면서 현현한 움직임을 보였다. 일순간 일곱 개의 분신이 만들어지면서 어느 것이 진체인지 분간을 할 수가 없었다.

퍼퍽! 퍼퍼퍽!

일곱 개의 분신 모두 심장에 구멍이 뚫렸다.

스르르륵!

분신들이 다시금 하나로 합쳐졌다.

털썩!

"쿨럭!"

이한열이 무릎을 꿇으면서 피를 토해 냈다. 그러는가 싶더니 이내 바닥에 쓰러졌다.

심장을 꿰뚫리고도 살아남을 수 있는 사람은 아무도 없었다.

휘익!

이한열의 심장에 구멍을 뚫은 무형검이 다시금 혈황에게로 되돌아갔다.

"혈황배 쟁탈전의 대결은 신성한 법입니다. 대결장에 오른 무인들을 상대로 어떠한 수도 써서는 안 된다는 걸 모르십니까? 이게 대체 무슨 짓입니까?"

장손무기로 위장한 이한열이 하후국을 몰아붙이다 말고

쓰러지자 깜짝 놀란 장손산호가 사자후를 터트리면서 소리쳤다.

혈황의 자리를 노리고 대결장에 올라선 무인은 외부에서 어떠한 위협이나 도움을 받아서는 안 된다. 만약 이런 율법을 위반한다면 그 자체로 커다란 중죄였다.

"맞아요. 이건 있을 수가 없는 일입니다."

"혈황께서 잘못하셨어요."

단우령과 구양마혜가 혈황의 잘못을 지적했다.

이번 기회에 혈황을 실각시킬 수 있다면 먼저 그렇게 하겠다는 의도였다.

"내가 무슨 잘못을 했다는 건가?"

혈황이 천연덕스럽게 물었다.

"혈황께서 무형검을 날리시지 않으셨습니까?"

장손산호가 소리쳤다.

"허허허! 무슨 소리인가? 나는 그런 적이 없네."

"말도 안 되는 소리! 혈황께서 무형검을 날리는 걸 목격했습니다."

"저도 봤습니다."

"제 두 눈으로 목격했어요."

"허허허! 무형검은 은밀함이 생명이거늘, 어찌 자네들이 알게 한단 말인가? 만약 내가 무형검을 발출했다면 자네들은 인지하지 못했을 것이야."

혈황이 장손산호를 비롯한 단우령과 구양마혜의 의견을
묵살했다.

무형검은 말 그대로 형체가 없는 검이다.

지고지상의 경지에 이른 무형검은 눈에 보이지 않고 인지
할 수도 없다. 그렇기에 무형검에 당하는 사람은 어떻게 죽
는지도 모르고 사망한다.

"자네들이 무형검을 출수하여 적수인 장손무기를 쓰러뜨
린 동시에 혈황인 나를 몰아붙이는 것 아닌가?"

혈황이 단우령과 구양마혜를 지그시 바라보며 말했다. 직
접 출수해 놓고도 뻔뻔하게 단우령과 구양마혜를 암수로 몰
고 있었다.

"……."

"……."

"이익!"

졸지에 누명을 뒤집어쓰게 된 단우령과 구양마혜가 침묵
했고, 장손산호가 이를 악다물었다.

"뭐가 어떻게 된 거지?"

"대체 누가 신성한 대결에 출수한 거야?"

"혈황께서는 아닌 것 같아."

"단우세가의 단우령일 수도 있어."

"닥쳐! 무형검으로 암습하였다면 빙룡검이 가장 유력해."

각자의 사정과 고견에 따라 혈마교의 무인들이 저마다의 의견을 분분히 토해 냈다.

"후우! 후!"

하후국이 혈도를 찔러 잘린 상처에서 흘러나오는 피를 지혈하였다. 동시에 기식을 조절하면서 한숨을 돌렸다. 오른팔을 잃어버렸지만 살아남았으니 후일을 도모할 수 있었다.

"용서하지 않겠다. 갈기갈기 찢어 주마."

하후국이 분시를 해서라도 팔을 잃어버린 분노를 풀 작정이었다.

슥!

분노한 그의 시선이 대결장에 쓰러져 있는 이한열의 시체로 향했다.

"헉! 없다."

심장을 잃어버리고 피를 토하면서 죽은 이한열이 보이지 않았다.

"나를 찾나?"

하후국의 등 뒤에서 익숙한 음성이 들려왔다.

들을 때마다 그의 피를 끓어오르게 만드는 비열한 이한열의 목소리였다.

"죽지 않고 살아 있었나?"

콰득!

하후국이 목뼈가 부러지는 듯한 소리가 날 정도로 빠르게 고개를 돌렸다. 그와 동시에 이를 악물고 진기를 올올이 끌어모았다.

씨익!

심장이 꿰뚫린 흔적은 일절 없는 이한열이 미소를 머금고 오롯이 서 있었다.

"느껴지는 무형검은 무용지물이지. 무형검을 사용하려면 혈황의 말처럼 소리 소문 없이 은밀하게 해야만 해. 지금처럼 말이야."

이한열은 자연스럽게 서 있었다.

바람이 불고, 구름은 흘러가는 주변 풍경도 일체의 변화가 없이 그대로였다.

그렇지만 그 자연의 일부분인 하후국의 심장 부위에는 파멸의 무형검이 들이닥쳤다.

"크윽!"

심장에 불로 지지는 듯한 통증을 느낀 하후국이 피를 왈칵 토해 냈다.

휘이익!

바람이 하후국의 가슴을 통과하여 등 뒤로 빠져나왔다.

심장이 있던 자리에 구멍이 뻥 뚫렸다.

찰나의 순간 뚫려 버린 구멍에서 핏물이 흘러내리기 시작했다.

주르륵! 주르륵!

생기가 급속도록 빠져나가면서 하후국의 신형이 앞뒤로 요란하게 흔들렸다.

"잘 가!"

휘익! 휙!

이한열이 경망스럽게 손을 흔들며 배웅해 줬다.

"크으윽! 노……옴……."

최후의 힘을 쥐어짠 하후국이 이한열의 목을 붙잡기 위해 손을 내뻗었다. 어떻게든 목을 분지르고 말겠다는 의지의 표현이었다. 그러나 그의 손길은 끝내 이한열의 목에 닿지 못했다.

쿠웅!

하후국의 시체가 통나무처럼 뻣뻣하게 요란한 소리를 내며 쓰러졌다.

"다행이다. 살아 있었구나."

혈황을 노려보고 있던 장손산호가 이한열을 발견하고 환호했다.

"장손무기가 혈왕자를 쓰러뜨렸다."

"와아아! 새로운 강자의 출현이다."

"장손무기! 장손무기! 최고다."

"네가 혈황 해 먹어라."

혈마교의 사람들이 일제히 장손무기를 추앙했다.

강자존을 철저하게 받아들이고 있는 그들은 강한 사람을 좋아했다. 방금 전까지 혈왕자를 옹호했던 건 강자라고 생각했기 때문이었다.

그러나 지금은 혈왕자에 대한 지지가 모두 이한열에게로 몰려들었다.

쿠와아아아! 쿠와아아아!

혈황의 무시무시한 기운이 이한열에게로 집중됐다.

기운만으로 사람을 짓눌러서 죽일 수 있는 의형 살인이었다.

스윽!

의형 살인을 접한 이한열이 담담한 눈빛으로 혈황의 기세에 저항하지 않았다. 물처럼 투명하게 들어오면 들어오는 대로 받아서 넘기고 있었다.

찌직! 찌지직!

한계 이상의 힘이 밀려오면서 이한열의 무복이 찢어지기 시작했다. 가공할 힘을 견디지 못한 비단 실오라기들이 하나둘씩 풀리려고 하였다.

'십 갑자가 넘는군.'

혈황의 공력은 이한열이 생각하고 있는 그 이상이었다.

인간이 몸에 받아들일 수 있는 공력의 한계는 삼백 년, 오 갑자라고 알려져 있다. 오 갑자 이상의 공력은 인체를 망가뜨리게 된다. 그런데 혈황의 공력은 오 갑자를 훌쩍 뛰어넘는 십 갑자에 달했다.

이한열의 공력도 인간의 한계라고 알려진 오 갑자였다.

'혈황과의 대결은 재미있겠어.'

이한열이 환하게 웃었다.

십 갑자에 달하는 공력을 지닌 혈황이라고 해도 이한열은 진다고 생각하지 않았다.

'공력이 전부가 아니야.'

이한열의 힘은 단순히 무공이 전부가 아니었다.

스르르! 스르르!

신성이 의복에 스며들어 갔다.

지금 순간 비단 무복은 신성의가 되었다.

신성이 담긴 순간 비단실이 천잠사에 버금갈 정도로 단단하면서 유연하고 질겨졌다. 가공할 역도에 의해 끊어지려고 했던 비단 무복이 지금 천잠사로 만든 천의무복이 되어 있었다.

"혈왕자를 쓰러뜨린 장손무기가 서열 오 위 구양마혜에게 도전을 하는 바입니다."

이한열이 혈황에게서 시선을 돌려 구양마혜를 바라보았다.

"크윽!"

차기 혈황으로 점찍어 뒀던 손자 하후국을 죽인 이한열을 당장에라도 찢어 죽이고 싶은 심정의 혈황이 두 눈에서 불을 내뿜었다.

그렇지만 혈황이라고 해도 혈마교의 절대 율법을 거스를 수는 없는 노릇이었다.

第五章
구양마혜

"오호호호호!"

구양마혜가 대결장 위로 올라서면서 짤랑짤랑한 웃음을 터트렸다. 백 년 동안 철권통치를 한 혈황의 썩어 빠진 얼굴에 가슴이 뻥 뚫리는 쾌감을 느꼈다.

사실 혈황의 자리에 도전을 하기 위해 오랜 시간 수련을 한 구양마혜였다. 그 과장에서 혈황의 눈치를 살피면서 투명인간처럼 보낸 시절도 있었다. 그때의 굴욕감은 말로 표현할 수 없을 정도로 괴로웠다.

혈황의 일그러진 얼굴이 굴욕감을 씻겨 내려가게 만들어 줬다.

"너의 도전을 받아들이지."

이한열을 바라보는 구양마혜의 시선의 뜨거웠다.

빠직! 빠지직!

그녀의 양손에는 어느새 화룡도와 빙룡검이 들려 있었다.

그녀는 하후국을 물리친 이한열을 상대로 방심하지 않고 처음부터 최강의 힘을 뽑아낼 작정이었다.

"내가 펼칠 수 있는 최강의 절초 쌍룡음양검을 막아 내면 네 승리야."

구양마혜가 배시시 웃으며 말했다.

쌍룡음양검은 신비음양마가 백도인들의 천라지망에 걸렸을 때 딱 한 번 펼쳤다고 알려진 무적의 검술이었다. 화룡도와 빙룡검이 함께 상생하고 상충하면서 혼돈을 이루며 어마어마한 파괴력을 뿜어낸다.

천라지망을 펼치고 있던 백도인들이 쌍룡음양검 한 방에 모두 말살됐다.

"천천히 겪어 보고 싶은데……."

구양마혜의 말에 이한열이 신비음양마의 무공을 견식하고 싶다는 심중의 의사를 드러냈다.

쉽게 얻을 수 없는 기회였다.

그만큼 신비음양마의 무공은 강호에서 신비와 전설로 남아 있었다.

"다음에 시간을 내주면 천천히 겪어 볼 수 있게 해 줄게."

"정말?"

"약속!"

"믿지."

"그럼 시작한다."

구양마혜가 말과 동시에 머리카락을 뒤로 힘껏 제치면서 허리를 높였다.

두두둑! 두두둑!

투투툭! 투투투툭!

구양마혜의 몸에서 기묘한 소리가 일어났다.

십대 초반의 어린 소녀처럼 작은 체구였던 구양마혜의 몸이 점점 커졌다. 키가 자라고, 가슴이 커지고, 골반이 부풀어 올랐다. 두 덩어리의 뽀얀 가슴이 출렁거리면서 금방이라도 옷자락 밖으로 튀어나오려고 하고 있었다.

미소녀가 일순간 농염한 여체로 변했다.

"아름답구나. 내가 딱 선호하는 유형이야."

구양마혜의 성숙한 여체가 이한열의 취향을 정통으로 저격하고 있었다.

평소에는 전투력 소모를 최소화하기 위해서 어린 소녀의 모습으로 있는 구양마혜였다. 어린 소녀일 때도 현경의 힘을 발휘하는 것이 가능했다. 그렇지만 강적을 만났을 때는 어린 소녀의 모습을 풀고 전투체인 성숙한 여체로 돌아온다.

혈마교 최고의 미녀가 바로 구양마혜였다.

"전투체가 될 때까지 기다려 줘서 고마워."

구양마혜는 온몸에 피가 끓기 시작했다.

이한열의 목을 자르고 심장에 화룡도와 빙룡검을 박고 싶은 욕망이 꿈틀거렸다. 호승지심과 함께 강렬한 투기가 마구 뿜어졌다.

오랜만에 전투체가 된 그녀는 최강의 전투력을 가지게 되어 기분이 좋았다. 온몸이 녹아들 정도의 쾌락을 느꼈다.

온몸의 뼈와 근육들이 피를 달라고 아우성을 치고 있고, 이제 곧 닥칠 화끈한 싸움에 기쁜 환성을 내질렀다.

씩!

투기를 접한 이한열이 환하게 웃었다.

"이런 아름다움을 목격할 수 있다면 얼마든지 기다려 줄 수 있지."

"나를 이긴다면 침대 위에서 함께 뒹굴어 줄 수 있어."

"정말?"

"물론이야. 강한 남자와의 하룻밤은 나 역시 즐거우니까."

구양마혜가 눈웃음을 치면서 부드럽게 이야기했다.

난데없는 급 전개에 이한열의 눈이 동그래졌다.

대결장에 나온 구양마혜에게 들이댐을 받을 줄은 상상도
하지 못했다.

하지만 혈마교에서 여인이 강한 남자에게 접근하는 건 결
코 하자가 아니었다. 오히려 강한 남자의 씨를 받을 수 있어
잔뜩 권장을 받고 있었다. 딸을 가진 부모들은 강자라면 쌍
수를 들고 환영한다.

"쳇!"

"구양마혜 님이 장손무기에게 꼬리를 치고 있어."

"내가 품에 안고 싶은데……."

대결장 밖에 있는 혈마교의 여인들이 일제히 아쉬워하거
나 부러움을 토해 냈다.

씨익!

구양마혜와의 하룻밤을 생각만 해도 즐거운 이한열이 환
하게 웃었다. 흥분으로 뜨거워진 심장이 연신 강렬하게 뛰
었다.

불끈!

주먹을 꽉 쥔 이한열은 더욱 힘이 남을 느꼈다.

'피에 미친 년놈들 집단인 줄 알았는데 좋은 면도 있네.'

이한열은 혈마교에 대해 새로운 시선을 갖게 됐다.

혈마교는 피에 미친 동시에 성에 있어서 상당히 개방적인
집단이었다. 심지어 수십 수백 명의 난교까지 성행할 정도

였다.

풍류남아인 이한열에게 있어 혈마교의 난잡하다고 말할 정도의 성적 개방성은 무척이나 반가운 것이었다. 강자라면 여자들을 마음껏 품에 안을 수 있었다. 반면 하수일 경우 결혼도 하지 못하고 긴긴밤을 홀로 지내야 한다.

"미녀와의 하룻밤은 사양할 수 없는 일이지."

오는 미녀 막지 않는 주의의 이한열이 두 팔 벌려 환영했다.

"나 역시 기대할게."

출렁! 출렁!

살포시 걸으면서 이한열에게 다가서는 그녀였다. 움직일 때마다 두 개의 거대한 수밀도가 위아래로 부드럽게 융기했다가 하강하기를 반복했다.

사박! 사박!

청강석이 가공할 투기를 견디지 못하고 그녀의 발밑에서 가루가 되어 흩날렸다.

순수한 투기의 발산으로만 일어난 일이었다.

극도로 압축되고 고도로 수련된 투기의 힘은 내공 그 이상의 위력을 발휘한다. 이런 정도로까지 투기를 갈고 닦은 무인은 강호에 거의 없다.

투기가 가미된 구양마혜의 무력은 상상 이상으로 가공할

만했다. 신성을 가지고 있는 이한열처럼 내공에 투기를 가미하는 것이었다.

투기를 발산하는 구양마혜와의 일전은 이한열에게 많은 도움이 될 공부였다.

"멋지군."

온몸으로 투기를 받고 있는 이한열의 피가 끓기 시작했다. 앞으로 닥칠 구양마혜의 일 초가 무척이나 기대됐기 때문이었다.

그러면서도 그가 들뜬 눈빛으로 풍만하면서도 탄력 넘치는 가슴에 시선을 집중시켰다. 흔들리는 가슴에 고개를 박고 싶어 했다. 하지만 대결하고 있다는 사실을 알고 있기 때문에 욕망을 꾹 참았다.

그는 기다릴 줄 아는 학사였다.

파앗!

이한열이 투기를 끌어 올렸다.

고오오오! 고오오오!

있는 힘껏 발산된 투기에 의해 대기가 울렸다.

우우우웅! 우우우웅!

우우웅웅! 웅우우우웅!

투기와 투기가 함께 어우러지면서 대기가 공명하였다. 잠시 힘겨루기를 하였지만 이내 이한열의 투기가 뒤로 밀리는 형국이었다.

"좋은 투기이지만 부족해."

"부족하면 채워 넣으면 되는 일이지."

눈앞에서 벌어지고 있는 투기들의 다툼이 이한열의 몸과 뇌리에 생생하게 새겨졌다. 가공할 지식과 지혜가 구양마혜의 투기 발출과 운용법 등을 빠른 속도로 유추해 나갔다. 새롭게 배운 투기 공부가 이한열을 성장시켰고, 잠재력을 키웠다.

이한열이 솜이 물을 빨아들이는 걸 뛰어넘어 불가사의한 속도로 구양마혜의 투기에 대한 것들을 흡수하고 있었다.

이한열이 자연스럽게 있는 힘껏 투기를 발산하였다.

고오오오! 고오오!

방금 전과 달리 투기가 한층 정교하면서 예리해져 있었다.

"이건?"

구양마혜의 봉목(鳳目)이 커졌다.

방금 전까지 허무할 정도로 밀리던 이한열의 투기가 구양마혜의 투기를 상대로 선전했다. 아직도 부족한 것이 많지만 뒤로 밀리는 와중에도 투기가 용을 쓰면서 버텼다.

"공부했어."

"지금 이 순간?"

"실시간으로 배웠지."

투기에 대해 감을 잡은 이한열이었다.

구양마혜는 참으로 훌륭한 스승이었다.

절대 고수들의 싸움은 단순한 육박전이 아니다. 육체적인 격돌 이전에 무형의 다툼이 벌어진다. 이른바 절대 영역의 충돌이다.

절대적인 힘을 발휘하는 영역은 기운이 미치는 범위를 말하는데, 그 안에서 절대 고수들은 최강의 힘을 발휘할 수 있다. 적의 영역을 깎아 내고, 자신의 영역을 키워 나가는 것이 승리의 지름길이다.

투기의 다툼은 절대 영역의 충돌인 것이다.

그리고 그 절대 영역의 충돌에서 우위를 점하고 있는 건 구양마혜였다.

배시시!

이한열의 삼 장 앞에 선 구양마혜가 야릇하게 웃었다.

"더 이상 시간을 끌 수가 없어. 승부할게."

괴물 같은 속도로 발전하는 이한열을 본 구양마혜가 승부를 하기로 작정했다.

스팟!

그녀의 두 눈이 붉게 물들었다.

농밀한 투기가 마구 넘실거리면서 뿜어져 나왔다.

"와라! 화룡도! 빙룡검!"

우우웅! 우우우웅!

좌우로 활짝 펼친 그녀의 양손에는 어느새 화룡도와 빙룡검이 들려 있었다.

화르르르! 화르르르!

카우우우! 쿠우우우우!

극양의 뜨거움이 화룡도에 넘실거렸고, 극음의 빙설이 빙룡검에서 흩뿌려졌다.

"제대로 막아 내지 못하면 시체조차 건질 수 없으니까 주의해."

스륵!

그녀가 화룡도와 빙룡검을 풍만한 가슴 앞에서 서로 대각선으로 교차시켰다.

우우웅웅웅웅!

카우우우웅웅!

서로 연결된 검신을 통해 상생과 상충을 거듭하는 화룡도와 빙룡검이 울부짖었다. 극양과 극음이 무한 순환을 반복하면서 혼돈의 힘을 만들어 냈다.

쿠콰콰콰! 쿠콰콰콰콰!

혼돈의 기운이 거대하게 확대되어 갔다.

좁쌀만 한 크기가 참외 씨만 해지더니 이내 대결장 일대를 뒤덮었다. 반구형으로 커졌던 기운이 다시금 화룡도와 빙룡검으로 몰려들었다.

툭!

구양마혜가 양손의 도와 검을 놓았다.

두둥!

둥실!

화룡도와 빙룡검이 땅에 떨어지지 않고 허공에 머물러 있었다.

스르륵!

구양마혜의 몸이 대결장 위에서 사라졌다.

심기체를 화룡도와 빙룡검에 합일시키는, 신도검합일이었다.

"아! 인간의 힘으로 혼돈을 이끌어 내다니, 놀랍다."

혼돈의 생성과 함께 신도검합일로 이어지는 광경을 지켜보고 있던 이한열이 탄성을 내질렀다.

태극 이전의 원초적인 근원에서 나온 혼돈은 파멸 그 자체였다. 그렇기에 혼돈의 힘이 스치기만 해도 모든 것이 바스러진다.

"화룡도여! 가로막는 모든 걸 참하라! 빙룡검이여! 살아 있는 모든 걸 멸하라."

구양마혜의 음성이 도도하게 울렸다.

휘익!

휙!

삼 장 앞에 서 있던 화룡도와 빙룡검이 질주를 시작했다. 나아가는가 싶더니 이내 빛의 속도로 움직였다. 움직임의 연장선상에 있는 이한열의 몸을 참하고 멸할 셈으로 무지막지하게 쏘아졌다.

"와라!"

이한열이 기마 자세를 취하면서 양발에 힘을 줬다.

퍽! 퍼억!

두 발이 청강석 바닥을 뚫고 깊게 들어갔다.

혼돈의 힘을 담고 있는 화룡도와 빙룡검을 막기 위해서는 탄탄함이 필요했다.

슥!

그가 허리를 꼿꼿하게 세우면서 양손을 앞으로 내밀었다.

콰앙!

콰아앙!

폭음이 터졌다.

드드드드! 드드드드!

쿠콰콰콰! 쿠콰콰콰!

이한열의 신형이 뒤로 주르륵 밀려 나갔다. 단단한 청강석이 깨져 나가면서 동시에 밭고랑처럼 긴 홈을 두 가닥 만들어 냈다.

십여 장 가까이 뒤로 밀리던 이한열이 우뚝 멈췄다.

히죽!

그가 웃었다.

양손에 잡힌 화룡도와 빙룡검이 빠져나가기 위해 용틀임을 하고 있었다. 발버둥 치며 벗어나려고 하는 두 개의 병기를 힘껏 움켜쥐었다.

"혼돈의 힘이라고 해도 내 앞에서는 버틸 수 없지."

이한열이 신성을 더욱 강하게 손으로 집중시켰다.

콰드득! 콰드득!

요란한 소리와 함께 금방이라도 두 개의 병기가 부서지려고 하였다.

이한열은 사실 뒤로 밀려나지 않고 제자리에서도 화룡도와 빙룡검을 막아 낼 수 있었다. 하지만 그렇게 하지 못한 이유가 존재했다.

'제자리에서 막았다면 나는 멀쩡해도 구양마혜는 커다란 내상을 입는다. 자칫하면 죽을 수도 있는 일이야.'

상관없는 여인이라면 죽어도 상관하지 않았을 이한열이었다.

하지만…….

이한열은 구양마혜와 하룻밤을 함께 보내기로 약속했다.

그렇기에 다치지 않도록 세심한 공을 들여서 상대하였다.

'만리장성을 쌓아야 할 아름다운 여인을 다치게 할 수는 없는 노릇이지.'

이한열이 마음속으로 음흉하게 웃었다.

사심이 잔뜩 들어간 대처였다.

만약 구양마혜가 아름답지 않았거나 하룻밤을 보내기로 이야기하지 않았다면 죽거나 크게 중상을 당했을 가능성이 아주 높았다.

콱! 콱!

이한열이 청강석 바닥에 화룡도와 빙룡검을 꽂아 넣으면서 선언했다.

"대결은 끝났다."

스르르륵!

화룡도와 빙룡검이 사라진 자리에 구양마혜가 모습을 드러냈다.

너무나도 허무하게 공격이 막혀 버린 그녀가 황망한 표정을 짓고 있었다. 아쉬움도 있었지만 그것도 잠시뿐이었다.

"졌어."

그녀가 깨끗하게 항복했다.

패배를 선언한 그녀가 이한열을 한동안 가만히 응시했다. 모든 것을 쏟아 부은 투사의 맑고 깨끗한 표정이었다.

스르르! 스르르!

성숙한 여체가 다시 줄어들기 시작하더니, 예쁘장한 미소녀로 변신하였다. 귀여움이 가득 넘쳐 나는 모습이었지만 그걸 바라보는 이한열의 눈빛에는 아쉬움이 넘쳤다.

사실 그녀는 외로운 싸움을 해 왔다. 신비음양마의 음양진경을 익히기 위해 힘겨운 시간을 거쳤다. 아무리 주변에서 떠들고 응원해 줘도 혼자만의 싸움이었다. 죽고 싶을 정도로 괴로웠던 시간도 있었고, 죽을 위기도 여러 차례였다.

『나, 아직 처녀야. 첫날밤을 잘 부탁해.』

음양진경을 익히기 위해 모든 최선을 다한 그녀는 아직까지 처녀로 남아 있었다.

『오! 공주처럼 받들어 줄게.』

처녀성을 가진 구양마혜의 전음에 이한열이 잔뜩 흥분했다. 발랑 까졌다고 생각했었는데 아직도 처녀라니 너무 놀랐다.

『밤에는 미소녀가 아닌 전투체 모습을 해야 해. 알았지?』

이한열이 어린 소녀가 아닌 성숙한 여체를 은근하게 요구했다.

『알았어. 그럼 밤에 봐!』

요구를 받아들인 구양마혜가 마지막 전음을 보내면서 몸을 돌려 사라졌다.

"흐흐흐흐!"

이한열의 입가에서 음침한 웃음소리가 새어 나왔다.

오랜만에 마음에 드는 아름다운 여인과 거하게 몸을 풀
생각에 절로 기분이 좋아졌다.

第六章
단우령

　흑의 전포를 걸친 중년 미부 단우령이 천상제를 시전하면
서 천천히 비무대 위로 올라섰다. 눈처럼 새하얀 피부에 검은
눈동자를 가지고 있는 그녀 주위에는 가공할 자색의 독 구름
이 흘렀다.

　"동생! 곧바로 대결에 들어갈까?"

　단우령이 이한열의 귓가에 속삭이듯 나긋하게 말했다.

　"불가하오! 혈황배 쟁탈전에서 승리한 사람은 한 시진에
걸쳐서 조식을 다스릴 권한이 있소이다. 장손무기가 쉬지 않
고 연달아서 싸워야 할 이유가 없소."

　장손산호가 반발했다.

혈황배 쟁탈전에서 도전자들은 치열한 다툼을 벌이게 되고 이긴다고 해도 내상을 입는 경우가 적지 않았다. 그렇기에 한 시진동안 내상을 다스리면서 치료를 받을 수 있었다.

"쳇!"

이득을 챙기려고 했던 단우령이 아쉬워했다.

그녀는 구양마혜와 이한열의 대결을 지켜보면서 흠칫 놀랐다. 직접 상대해도 승부를 가늠할 수 없는 구양마혜를 힘으로 여유롭게 찍어 누른 이한열에게 두려움도 생겼다.

"내가 호법을 서겠으니 대결에 응하지 말고 조식에 임해라."

장손산호가 비무대 위로 올라서려고 했다.

슥!

이한열이 손을 들어 장손산호의 접근을 막아 버렸다.

"호법은 필요 없습니다."

"만전의 상태로 임해야 한다."

당혹감이 장손산호의 얼굴을 스쳐 지나갔다.

자만과 오만으로 인해 죽어 간 천재들이 부지기수였다. 그런 천재들 가운데 이한열이 포함될 수도 있는 노릇이었다.

절대독류강기를 완성한 단우령 앞에서 이한열이 물처럼 녹아내릴 수도 있었다.

"누님의 의견을 받아들이지요."

입에 거품을 물고 반발하는 장손산호를 무시한 이한열이 단우령을 향해 고개를 끄덕거렸다.

스팟!

단우령의 눈에 이채가 일렁거렸다.

"오만함이 대단하네."

"오만이 아니라 자신감이지요."

속내를 솔직하게 털어놓은 이한열이 오롯이 서서 웃었다.

구양마혜를 상대로 가지고 있는 힘을 제대로 뽑아낸 적이 없었다. 그렇기에 항상 최선을 유지하려고 하는 몸 상태는 최상이나 마찬가지였다. 지금 당장 싸우나 심법을 운기한 다음에 격돌하나 거기서 거기였다.

"오호호호호!"

단우령이 참지 못하고 웃음을 터트렸다.

당혹스러울 만큼 만족스러운 웃음소리였다.

그녀가 여자들 특유의 몸짓이자 남성을 매혹시키는 데 효과적인 자세를 취했다.

쏴악!

섬섬옥수가 짙은 검은색 머리카락을 쓸어 넘겼다.

머리카락들이 올올이 흩날리면서 야릇한 향기를 흘렸다.

"구양마혜가 침대 위로 올라서겠다고 스스로 말하더니, 좋다. 나를 이겨라! 그리하면 어느 곳에서나 나를 유린할 수 있게 해 주겠다."

도발적으로 봉긋한 가슴을 내민 단우령이 뜨거운 눈길로 이한열을 바라보았다. 단숨에 이한열을 삼켜 버릴 것처럼 눈빛을 빛냈다. 마음에 든 이한열에게 몸과 마음을 바치겠다는 것이었다.

"헉!"

이한열이 놀랐다.

고아함을 간직하고 있는 단우령은 중년의 독특한 색기와 염기를 뿌리고 있었다. 풋풋한 구양마혜와 달리 아주 달고 단 농염함을 지녔다.

구양마혜가 이한열의 취향을 곧바로 저격한 반면에 단우령은 그 정도는 아니었다. 하지만 오는 미녀 막지 않는 이한열이 감당할 수 있는 여성들의 영역은 무척 넓었다. 단우령 정도면 이한열의 취향에 속한다고 할 수 있었다.

단우령의 제안은 이것으로 끝이 아니었다. 밖에서는 변태라고 말할 수 있는 행위를 아무 거리낌없이 제안했다.

"구양마혜와 함께 너를 즐겁게 해 줄 수도 있다. 어때?"

풍류남아를 자처하고 있는 이한열이지만 동시에 두 여인과 놀아난 적은 없었다. 이번 기회에 아름다운 두 여인을 접할 수 있다고 생각하자 절로 온몸의 피가 불끈거렸다.

그는 승낙을 하고 싶었지만 결국 고개를 끄덕이지 못했다.

쓰레기 같은 나쁜 남자의 습성을 가지고 있는 이한열이지만 처음 보는 여인 두 명과 함께 침대에 올라가는 건 어려웠다.

'크윽! 눈물 난다.'

혈마교의 개방적인 성생활이 부럽기는 하지만 이한열은 정상적인 사고방식을 가졌다.

적어도 아직까지는 말이다.

배시시!

이한열의 미적거리는 모습에 단우령이 웃었다.

사실 이런 반응을 예상 못했던 건 아니다.

혈마교 군마들과 달리 외부에서 온 남자들은 난교에 대해 무척이나 어색해한다. 그러나 시간이 지나면 미친 듯이 빠져든다.

풋내가 폴폴 나는 이한열의 반응에 그녀의 몸이 후끈 달아올랐다.

'장손세가에서만 살아와서 그런지 신선해!'

그녀의 눈에 비친 이한열은 삼켜도 비린내가 나지 않을 것처럼 신선해 보였다.

혈마교의 무인들은 여자를 여인으로 보지 않고 마치 상품처럼 여겼다. 그저 성적 욕구 해소 물품으로 생각하면서 함부로 대했다.

그런데 눈앞의 이한열은 여자를 대하는 데 있어 무척이나 섬세하면서 부드러웠다.

'구양마혜가 다치지 않게 한 모습을 보고 감명 받았다. 따뜻한 감성을 가지고 있으면서 강한 남자라면 몸과 마음을 바칠 수 있어.'

단우령이 사랑 가득한 눈빛으로 이한열을 바라보았다.

무인인 그녀였지만 그 이전에 여인이었다.

여인의 몸으로 지고무상의 경지에 이르면서 혈마교의 여성을 대하는 풍토에 신물이 났다. 그러던 차에 여성을 부드럽게 대하는 모습을 보자, 절로 마음에 연분이 일어났다.

"나를 넘어라! 너라면 혈마교에 변혁의 바람을 크게 일으킬 수 있을 것이다."

여성 특유의 직감을 가진 단우령이 선언과 동시에 절대독류강기를 최고로 끌어올렸다.

고고고고고고! 고고고고고고!

자색의 독 구름이 폭발적으로 비산했다.

치이익! 치이이익!

단단하기로 유명한 청강석이 촛농처럼 녹아 버리기 시작했다.

비무대를 넘어서까지 뿜어지는 독 구름에 혈마교의 상위 서열 거마들이 화들짝 놀랐다. 경기를 일으킬 정도로 놀란 나머지 경신법까지 발휘하여 뒤로 날아갔다.

"물러나라."

"접하는 순간 녹아내린다."

"자색운의 냄새도 맡지 마라. 맡는 순간 중독된다."

귀식을 폐한 거마들이 비무대에서 멀찌감치 떨어졌다. 강력한 호신강기를 발휘한다고 해도 자색의 독구름 앞에서는 무용지물이었다. 혹시라도 자색 운이 더욱 퍼질 수 있기에 비무대를 주시하면서 주의했다.

"절대독류강기의 자연운에 버틸 수 있는 자는 혈황과 장손무기뿐이구나."

"오오오오! 혈황은 당연히 견딜 수 있다고 여겼지만 장손무기도 자연운의 독기를 버티다니 대단하다."

단우령이 보여 주고 있는 독공의 경지는 바로 독성의 단계였다.

독공 고수들이 최후로 올라설 수 있는 독성은 고금오마의 한 명인 겁황독성도 말년에나 이룩할 수 있었던 경지다. 그런 지고무상의 독성을 지금 단우령이 만천하에 보여 주고 있었다.

"독성에 오르면서 독 한 방울만으로 천 장에 이르는 면적을 중독시킬 수 있는 능력을 얻었어. 그리고 광범위한 살상력을 일으키는 독기를 손가락 하나에 모두 모을 수 있지. 나는 이걸 대라독성지라고 불러."

대라독성지는 단우령의 모든 노고가 깃들어 있는 지공이었다. 한 줄기의 지강이 뿜어지면 그 앞에 있는 모든 것이 녹아서 사라진다. 지강이 튀어나온 순간 이미 천 장을 격하게 날아간다. 너무나도 빠르고 강력하기에 한 번 발출하고 나면 단우령이라고 해도 되돌리는 것이 불가능했다.

단우령이 돈오의 깨달음을 얻어 만들어 낸 대라독성지는 독성의 경지를 뛰어넘는 초절기였다. 역사상 아무도 이르지 못한 경지를 밟으면서 독공의 신세계를 연신 만들어 냈다. 그렇게 독성 위의 단계를 열어 냈지만 그때뿐 더 이상 나아가지를 못하고 있었다.

고오오! 고오오오!

뭉게뭉게 피어오른 자색 구름이 단우령의 검지로 몰려들었다. 달콤 쌉쌀한 냄새와 함께 가공할 독기로 물든 검지가 보랏빛으로 번쩍거렸다.

"동생! 일 초로 승부를 보자."

단우령은 이번 대결을 길게 끌고 싶은 마음이 없었기에 최강의 절초 대라독성지에 최대한의 독기를 집중시켰다. 이번 일격에 모든 걸 걸기로 마음먹었다.

"오세요. 누님!"

고오오오! 고오오오!

이한열이 팔만사천모공을 통해 기운을 뿜어내기 시작하자 대기가 떨렸다. 노을빛의 기운들이 줄기줄기 튀어나와 사방으로 퍼져 나갔다.

"제왕적화심법의 최후 단계이다."

"백 년 동안 대성한 사람이 없었는데……."

장손세가의 제왕적화심법을 십이성 대성했을 때 뿜어낼 수 있는 기운이었다.

'젠장! 나도 대성하지 못했는데…….'

감격하는 와중에 장손산호가 떨떠름한 기색을 내비쳤다.

현경에 오른 그였지만 제왕적화심법은 십성에 머물러 있었다.

일반적으로 강호에서 무공은 십성까지 익히면 완성을 했다고 해도 틀린 말이 아니다. 십일성과 십이성의 단계는 깨달음과 함께 무공을 자신에게 맞게 새롭게 창조해 내야 한다. 그렇기에 화산의 매화검법이 익히는 자에 따라 새로운 모습을 보여 줄 수 있는 것이다.

이한열이 한 달 만에 제왕적화심법을 십이성 대성할 수 있었던 건 제왕적화심법에 들어가는 깨달음들을 이미 모두 알고 있었기 때문이었다.

제왕적화심법이 분명 놀라운 심법임에는 틀림이 없었지만 이한열의 경지에 비해서는 부족했다.

사아아아! 사아아아!

노을빛 기운들이 흐르고 있는 가운데 이한열의 몸 주위로 붉은 꽃잎들이 하나둘씩 생겨났다. 적화들이 보이는가 싶더니 이내 사방에 흩날렸다.

만천적화우!

사천당가에 만천화우가 있다면 장손세가에는 만천적화우가 있었다.

붉은 꽃잎이 하늘을 가득 메우고 비처럼 흩날리는 광경은 한 폭의 그림이었다.

"아아아! 붉은 꽃밭이 펼쳐졌다."

"장손세가의 비전오의 만천적화우가 현세했다."

"아름답지만 지독히 흉흉하다. 적화들은 강기로 이뤄져 있어."

"저렇게 많은 적화들을 뿌리다니 대체 진기가 얼마나 되는 것이지? 감히 추측할 수도 없다."

붉은 꽃잎들이 이한열의 주위를 바람과 함께 휘감아 돌았다. 적화를 적에게 뿌리면 장손세가 최강의 공격 초식이 되고, 몸에 휘감으면 최강의 호신강기가 된다.

지금 이한열은 장손세가 최강의 호신강기를 몸에 둘렀다.

"가라! 대라독성지!"

단우령이 검지로 이한열을 가리켰다.

번쩍!

보랏빛 광채가 일렁이는 순간 적화로 만들어진 붉은 꽃밭이 흔들렸다.

퍼퍼퍼퍽! 퍼퍼퍼퍽!

치이익! 치이이이이익!

가공스러운 독기를 품은 지강이 적화의 꽃잎을 꿰뚫으면서 파고들었다. 지강에 꿰뚫린 꽃잎들이 연기로 기화되어서 사라졌다. 강기마저 한 줌의 연기로 만들어 버리는 대라독성지였다.

치이익! 치이이익!

한 점으로 집중된 대라독성지가 적화의 꽃밭을 뚫고 조금씩 이한열을 향해 다가들었다.

부르르! 부르르르!

만독불침의 경지에 이른 이한열의 피부색이 검게 물들어 갔다. 독 기운에 중독됐다는 반증이었다.

"적화예검!"

이한열의 외침과 함께 적화들이 우수수 피어올랐다.

퍼퍼퍼퍽! 퍼퍼퍼퍽!

치이익! 치이이이이익!

붉은 꽃잎들이 여전히 꿰뚫리고 있는 가운데 일직선으로 하나의 화검을 만들어 냈다. 꽃의 검인 화검은 무형검이 제왕적화심법의 흐름에 따라서 유형화된 것이었다.

휘이익!

꽃의 향기를 진하게 흘리는 화검이 대라독성지를 후려쳤
다.

치이익!

화검이 대라독성지의 독기를 견디지 못하고 연기가 되어
사라졌다. 독성의 성스러우면서 가공할 독기를 화검이 견뎌
내기란 어려워 보였다.

하지만 이한열에게는 대책이 있었다.

"하나가 안 되면 둘로, 둘이 안 되면 넷으로, 넷이 안 되면
여덟로 계속 숫자를 늘려서 밀어붙이면 된다. 종국에는 물량
으로 질을 짓누를 수 있는 법이지."

파파팟! 파파파팟!

허공에 꽃의 검들이 하나둘씩 만들어지기 시작했다. 꽃의
검이 기하급수적으로 늘어나면서 허공을 빽빽하게 메웠다.

퍼퍼퍼퍽! 퍼퍼퍼퍽!

치이익! 치이이이이익!

기묘한 소리가 이는 가운데 대라독성지의 지강을 꽃의 검
과 적화들이 막아 갔다.

스으윽!

이한열을 향해 다가서던 대라독성지의 움직임이 느려지는

가 싶더니 멈췄고, 이내 뒤로 밀려나기 시작했다.

치이익! 치이이이이익!

녹는 소리와 함께 대라독성지의 지강이 적화와 화검에 의해서 점점 사라져 갔다.

물량 앞에서는 장사가 없는 법이었다.

이한열의 승리였다.

"중독되어서 어떻게 해?"

발을 동동 구르면서 단우령이 안타까워했다.

대결에서 승리를 했다고 해서 끝나는 것이 아니다. 대라독성지의 독에 중독될 경우 심하게 고통스러워하다가 결국 죽음에 이르게 된다.

"해독하면 되는 일이지요."

"해독제가 없어."

단우령의 눈에 눈물이 글썽였다.

서둘러서 해독해 주고 싶었지만 방법이 없었기에 가슴이 먹먹해졌다.

깨달음을 얻어 대라독성지를 창안해 냈지만 아직 미완성이었다. 전대미문의 경지에 올라섰을 뿐 운용 능력이 아직 부족하였다.

걱정스러워하는 단우령의 모습이 이한열의 마음을 흡족하게 만들었다. 계속 반응을 지켜보고 싶었지만 심각한 표정의 단우령 때문에 더 기다릴 수 없었다.

"제가 직접 해독할게요."

"뭐라고?"

슥!

이한열이 오른손 검지를 치켜들었다.

뚝! 뚝!

검게 물들었던 피부가 뽀얀 살색으로 되돌아오면서 시커먼
물이 검지 끝에서 떨어져 내렸다.

치이익! 치이이익!

청강석을 꿰뚫고 들어간 독액이 흙까지 녹이며 땅속 깊숙
이 구멍을 만들어 갔다.

"동생!"

단우령이 한 마리 새가 되어 이한열에게로 날아들었다.

"어이쿠!"

이한열이 단우령을 품에 안았다.

뭉클!

봉긋한 단우령의 가슴이 탄탄한 이한열의 상체에 의해 짓
눌려졌다.

"못 됐어."

가슴을 졸였던 단우령이 이한열의 가슴을 주먹으로 치면
서 앙탈을 부렸다.

이럴 때는 져 주는 것이 이기는 것이라는 걸 이한열은 잘 알았다. 괜히 뻗대다가는 모든 걸 잃을 수 있다는 두려움을 느꼈다.

지금까지 살아오면서 수단 방법을 가리지 않고 가능한 모든 능력을 키웠다. 그러나 그 과정에서 주변 눈치를 살펴야만 했다. 그러면서 타인의 감정을 알아차리는 데 있어 무척이나 익숙했다.

솔직하게 털어놓았다는 이유만으로 단우령의 호감을 잃을 수도 있다.

"미안해요. 대라독성지의 기운이 너무 강해서 중독되었어 요."

사실 이한열은 대라독성지의 독기에 중독되지 않을 수도 있었다. 하지만 직접 몸으로 독성의 독기를 접해 보고 싶어 했다.

자신의 몸을 실험물로 활용한 것에는 충분히 독기를 이겨 낼 수 있다는 계산이 있었다. 자신의 몸을 끔찍하게 아끼는 이한열이 일부러 계획하였다는 건 손톱만치도 손해를 보지 않는다는 자신감이 있었기 때문이다.

"내 마음을 애타게 한 복수는 밤에 뜨겁게 할 거야."

단우령이 손톱으로 이한열의 가슴을 꼬집었다.

절대적인 경지에 이른 그녀는 이한열의 말에 거짓이 있음을 알 수 있었다.

독성의 독기를 쉽게 몰아냈다는 건 중독을 사전에 방지할 수도 있다는 반증이었다. 후자가 전자에 비해서 훨씬 더 쉽기 때문이었다.

"복수를 기대할게요."

이한열은 밤이 너무나도 기다려졌다.

여러 여자들을 많이 만나 보았지만 여전히 여자들에 굶주려 있었다.

벌떡!

독성의 독기를 간단하게 몰아내는 놀라운 광경에 혈황이 권좌에서 벌떡 일어났다.

"이럴 수가……."

그의 눈에 놀라움이 스치고 지나갔다.

십 갑자의 내공을 지닌 그라고 해도 독성의 기운을 접하게 되면 곤란함을 느껴야만 했다. 자색 운이 제단까지 밀려왔을 때 강기를 내뿜어서 일대를 완전히 자신만의 영역으로 만들어 버렸다.

이한열처럼 자색 운 안에서 자유롭게 횡보하는 건 가능했지만 중독되었을 경우 해독하기 위해서는 하루를 꼬박 투자해야만 했기 때문이다.

그가 혈황으로 등극한 지 백 년이 넘었는데, 바로 오늘 가장 강력한 도전자가 나타났다는 사실을 깨달았다.

높은 위치에서 그가 더 이상 여유를 즐길 수 없었다.

"혈황과 여러 군마들 앞에서 서열 이 위 단우령이 장손무기에게 패배했다는 사실을 인정해요. 이제부터 서열 이 위는 장손무기이에요."

단우령이 사자후를 토해 내면서 사방에 고했다.

"와아아아!"

"장손무기! 장손무기!"

"최고다. 장손무기!"

"혈황과의 싸움을 기대하겠다."

가장 아래에서 출발한 장손무기가 혈황과의 대결을 목전에 두고 있었다. 처음에는 말도 안 된다는 분위기였는데, 장손무기가 실력으로 뒤집어엎어 버렸다.

"와아아아!"

"우아아아아아아! 오랜만에 혈황의 자리를 놓고 대격돌이 벌어지게 됐다."

"내가 싸우는 것도 아닌데 피가 끓어오른다."

"지켜보는 자체로 피가 되고 살이 된다."

고금오마의 절기를 이은 하후국과 구양마혜를 격파하고, 고금오마를 뛰어넘는 실력을 지닌 단우령까지 가볍게 넘어선 이한열에게 혈마교의 군마들이 열광했다.

이한열이 보여 주고 있는 신위는 혈황에 비해 부족함이 전혀 없었다.

혈마교의 마인들에게 혈황은 신과 다름없는 추앙을 받고 있다. 그런 혈황에게 도전장을 던진 이한열은 이미 또 한 명의 혈황이나 마찬가지였다.

와드득!

이를 부득 갈고 있는 혈황 하후연개의 안색이 굳어졌다.

전대 혈황을 물리치고 혈황에 올라선 하후연개는 언젠가 이런 날이 올 거라는 사실을 알고 있었다. 하지만 막상 현실이 되어 버리자 분노가 치밀어 올랐다. 당장에 때려죽이고 싶었지만 절대 율법에 묶여 출수하지 못했다.

"율법에 따라 한 시진동안 몸을 추스를 수 있다. 어떻게 하겠는가?"

하후연개의 음성이 사방을 진동시켰다.

천지사방에서 울리는 음성이 범종 소리처럼 마구 날뛰었다.

우우웅! 우우우웅!

신위를 드러낸 혈황에 의해 주변의 대기가 출렁거렸다. 중첩된 목소리에는 가공할 역도가 포함되어 있었다.

"크헉!"

"컥!"

"우웩!"

내공 약한 군마들이 내상을 입고 피를 왈칵 토해 냈다. 강한 무력을 지닌 군마들의 안색도 하얗게 질려 버렸다.

혈황의 신위를 목격한 사람들이 두려움과 공포에 질린 시선으로 하후연개를 바라보았다. 백 년 넘게 철권통치를 한 혈황의 신위는 명불허전이었다. 방금 전까지 이한열에게 환호하던 분위기가 씻은 듯이 사라져 버렸다.

"시간 끌 필요 있겠습니까? 바로 시작하지요."

곧바로 대결을 하자고 제안하는 이한열이다.

좋은 징조였다.

이한열이 최상의 몸 상태를 유지하고 있었고, 무시무시한 신위를 보여 준 혈황에게 진다고 생각하지도 않았다.

혈황이 무력을 보여 주기 전만 해도 약간의 경계심이 있었지만 육합전성에 사자후를 가미한 모습을 보고 편안한 여유를 되찾았다.

"크윽! 제발 운기 조식을 하라니까!"

장손산호가 안타까워했다.

비록 이한열을 싫어하는 그였지만 그래도 장손세가의 탈을 뒤집어쓰고 있었기에 응원했다. 비록 거짓이지만 이한열이 혈황을 이기면 장손세가의 인물이 혈마교의 교주 자리에 처음으로 올라서게 된다.

혈황 배출은 장손세가의 영광이었다.

그는 이한열이 혈황과의 대결에서도 승리하기를 간절하게 기원했다.

그러나 정작 그가 모르는 부분이 있었다.

그의 생각과는 반대로 쉬지 않고 연속적으로 싸우고 있다는 점이 희소식이었다. 만약 이한열이 운기 조식을 한다면 상황이 절대적으로 좋지 않다는 이야기였다.

슥!

혈황이 이한열을 찬찬히 뜯어보았다.

여유롭게 서서 웃고 있는 이한열을 보자 신경질이 스멀스멀 피어올랐다. 손자 하후국을 죽였다는 사실과 함께 신경질이 점차 화로 변해 갔다.

이한열을 상대로 화를 참을 이유가 없는 혈황이었다.

"너의 뜻을 존중하기로 하지. 이제 혈황의 지위를 놓고 격돌을 시작하자."

하후연개가 선언했다.

"와아아아! 드디어 혈황의 자리를 놓고서 대결이 펼쳐진다."

"세기의 격돌이야."

"역대로 장손무기보다 강력한 도전자는 없었어."

"당연하지. 무려 고금이마를 물리치고 올라온 젊은이야."

혈마교 마인들의 분위기가 다시금 불타올랐다.

이해관계가 엮여 있지 않은 군마들은 하후연개와 이한열 가운데 어느 누가 이겨도 상관이 없었다. 강자지존을 율법에 따라 승자를 신으로 받들어 모실 준비가 되어 있었다.

第七章

혈황

파라락! 파라락!

혈마교에서 최고의 존재인 혈황이 붉은 머리카락을 휘날리며 제단 위에서 계단을 밟듯 천천히 아래로 내려왔다. 허리를 꼿꼿하게 펴고서 일대종사의 위엄을 뿜어내고 있었다.

'나는 어디를 향해 걸음을 옮기고 있는가!'

혈황을 응시하는 이한열의 시선은 그 너머를 바라보고 있었다.

학사로 과거에 급제한 뒤 풍운의 꿈을 안고 조정에 출사하였다. 문화전대학사까지 올라 학사로서의 꿈을 이뤘는데, 난데없이 강호에 출도하게 되었다.

참으로 긴 여정이었다.

혈황을 쓰러뜨리고 혈마교의 제일좌에 올라서는 것이 성공이 아니었다. 언제 끝날지 모를 종착지까지 도착해야 그것이 바로 성공이라는 걸 이한열은 잘 알았다.

이한열은 최고가 되기 위해서 자신이 하는 일을 사랑하면서 수단 방법을 가리지 않았다. 지금 혈황과 마주하고 있기까지 참으로 많은 시간이 걸렸고, 흘린 땀방울이 셀 수 없이 많았다.

그는 지금 새로운 도전을 준비하며 비무대 위에 서 있다.

혈마교에서 하후연개의 살기 어린 눈을 똑바로 바라볼 수 있는 사람은 아무도 없었다. 그런데 지금 이한열이 담담한 눈빛으로 마주하고 있었다.

"감히 내 앞에서 다른 곳을 바라보고 있는가?"

혈황이 음성에 분노를 실어서 말했다.

퍼억!

살인음공에 직격당한 이한열의 상체가 앞뒤로 흔들렸다.

푸스스스! 푸스스스!

심장 부위에 위치한 무복의 일부분이 가루가 되어서 사라졌다. 뻥 뚫린 공간을 통해 매끄럽고 뽀얀 맨살이 드러났다.

살인음공이 심장을 비수처럼 꿰뚫으려고 했지만 금강불괴의 육신이 거뜬히 막아 냈다.

"감히라는 말은 함부로 사용해서는 곤란하지요."

이한열의 가슴속에 뜨거운 피가 들끓어 올랐다.

넋을 잃고서 자신이 가야 할 곳을 찾고 있다가 다시금 정신을 가다듬었다. 눈앞의 혈황이 누구도 따라 할 수 없을 만큼 막강한 진기를 뿜어내면서 분노하고 있었다.

"네 말을 직접 증명해야 할 것이다. 그리하지 못하면 오늘 죽음을 면치 못하리라!"

"애당초 살려 줄 생각은 있었습니까?"

"하! 젖비린내 나는 녀석들을 무찔렀다고 기고만장해하는 꼴이 우습구나."

"그대에게도 젖비린내가 나고 있군요."

마치 고수가 하수를 상대할 때처럼 이한열이 태연하게 팔짱을 끼면서 여유까지 부렸다.

"놈!"

창노한 혈황의 음성과 함께 매섭고 시린 북풍한설이 휘몰아쳤다. 일순간 주변의 온도가 뚝뚝 떨어져 내렸다.

사실 이한열은 혈마교의 제일좌인 혈황을 무너뜨리기 위해 치밀하게 계획을 세워 나갔다. 사실 싸움은 격돌 이전에 결정된다고 믿고 있었기 때문이었다.

그렇기에 가능한 혈황에 대한 모든 정보를 수집하고, 분석하고, 행동 추이를 살피고, 맞설 대안을 세웠다.

그러나 지금 이 순간 계획과 대안을 모두 잊어버렸다.

콰아아아! 콰아아아!

고오오오! 고오오오!

혈황이 쌍장을 출수하자, 장심에서 튀어나온 뇌전을 띤 나뭇잎이 이한열을 후려쳤다. 오뢰결엽에서 흘러나온 경기가 회오리치면서 가공할 흡입력을 발휘하였다.

"말려든다."

"피해라."

"으아아아아! 빨려 들어간다."

비무대 가까이에서 대결을 바라보고 있던 군마들이 오뢰결엽 흡인력의 영향을 받았다. 천근추를 발휘하면서 버티려고 했지만 속수무책이었다.

"아아악!"

"크아아아악!"

"켁!"

흡인력이 만들어 낸 회오리에 빨려 들어간 군마들이 단말마의 비명을 내질렀다.

후두둑! 후두두둑!

휘이이! 휘이이익!

방금 전까지 살아 있던 군마들의 피와 살점이 사방으로 비산하였다.

"살려면 비무대에서 멀찍이 떨어져야 한다."

"가까이서 대결을 지켜보다가 내년에는 병풍 뒤에서 잿밥을 먹을 수 있다."

가공할 혈황의 무공에 놀란 군마들이 황급히 비무대에서 물러났다. 가까운 곳에서 생생하게 지켜보는 것도 좋았지만 하나뿐인 생명을 챙기는 것이 먼저였다.

파라락! 파라락!

휘몰아치는 경기에 이한열의 머리카락과 옷자락이 찢어질 듯 흩날렸다. 하지만 가공할 경력이 이한열에게는 손톱만치도 손해를 끼치지 못했다.

오롯이 서 있는 이한열의 두 발은 움직이지 않고 고정돼 있었다.

"바람이 시원하구나. 더운 날 상대하기 참으로 좋은 무공이야."

이한열이 휘몰아쳐 오는 경력을 온몸으로 느꼈다.

투투툭! 투투툭!

죽은 군마들의 피와 살점이 이한열의 몸에 와서 부딪쳤다. 이내, 이한열의 몸이 붉은 색으로 물들어 버렸다.

사실 이한열이 호신강기를 내뿜었다면 시체의 파편으로부터 몸을 보호할 수가 있었다.

'지금은 혼자가 아니라 혈마교 마인들의 마음을 얻어야 할

상황이다. 말끔한 모습이 아니라 피를 뒤집어쓰는 것이 마인들에게 가까이 다가설 수 있는 길이야.'

이한열은 혈황과 싸우면서도 혈마교 마인들에게 잘 보이기 위해 노력했다. 성공을 혼자가 아니라 여럿이 함께 이루어 내는 것이라고 여겼다.

'강호일통을 이루기 위해서는 단체의 힘이 필요해.'

이한열이 혈마교를 수중에 넣어야 할 가장 큰 이유였다.

인간을 초월하여 신계로 진입했다는 평을 듣고 있는 고금제일마 혈마의 수준에 올라서지 못한다면 머릿수로 밀어붙여야 한다.

강호일통에 있어서 이한열은 물량으로 승부를 보기로 결정하였다. 물량전에 있어 혈마교는 커다란 일익을 담당할 수 있었다.

"와아아아! 혈인이다."

"저것이 바로 전투에 임하는 전사의 자세다."

"피를 무서워하고 피하는 건 샌님이나 하는 짓이지."

"우와아아아아! 너, 내 마음에 들었다."

피를 뒤집어쓴 이한열의 모습에 혈마교의 마인과 군마들이 폭발적으로 반응했다.

심지어 고의를 벗어서 머리 위로 흔드는 여인들도 보였고, 상의를 벗어 젖통을 드러낸 여인도 있었다.

"여기를 봐요! 오늘 밤, 나를 가져요."

"웃기지 마! 이 년아, 너 따위 호박을 가져가서 뭐하라고? 나를 봐요."

"이 년이 죽으려고 환장했구나."

"빌어먹을 년! 뒤질래?"

"저쪽에 가서 한 판 붙자."

"누구 대갈통이 터지나 해 보자."

고의를 벗고 흔드는 여자와 젖통을 드러낸 여자가 한판 붙었다. 비밀스러운 여체를 드러낸 두 여인이 한쪽에서 피가 튀는 싸움을 벌였다.

퍽! 퍼억!

콱! 콰드득!

두 여인이 부딪치면서 파괴적인 소리가 연신 울렸다. 머리카락을 몽땅 뽑고 뼈까지 부러뜨리는 살벌한 싸움을 펼쳤다.

떡 줄 사람인 이한열은 생각도 하지 않는데 여인들이 도처에서 머리통을 깨어 가면서 다퉜다.

잘생긴 데다가 무공도 고강하고 피를 두려워하지 않는 이한열이 혈마교의 여인들에게 몰고 온 일이었다.

"오라버니! 꼭 이겨요."

"이제부는 너는 내 거야."

혈마교 여인들이 이한열을 향해 압도적인 지지를 보냈다.

남자들이 따라잡을 수 없을 만큼 광기를 내비치고 있었다.

콰아아앙!

이한열의 우수에서 강맹한 기운이 일어나 오뢰결엽의 나뭇잎을 다짜고짜 후려쳤다. 무식하다고 느껴질 정도로 단순한 일격이었다.

콰드드드득!

나뭇잎이 산산조각 나면서 오뢰결엽에서 일어난 흡인력이 사라졌다.

혈황이 이한열의 공세를 맞받아쳤다.

혈황이 허공에서 무식하게 쌍장을 마구 내뻗었고, 이한열이 비무대 위에서 마구 주먹을 내질렀다.

콰아아앙! 콰아아앙!

강기들의 충돌과 함께 비무대의 청강석이 박살이 나서 비산하였다.

푸욱!

내공에서 밀린 이한열의 하반신이 청강석 바닥을 뚫고 들어갔다.

휘익!

허공 위로 둥실 떠올라 가는 혈황의 얼굴이 악귀처럼 일그러졌다. 내공에서 우위를 보이고 있었지만 압도적으로 짓누르고 있지는 못했기 때문이었다.

"놈! 찢어서 죽여 주마."

혈황의 우수에서 시뻘건 수강이 뿜어져 나왔다.

내공만을 사용해서 압도적으로 찍어 누르려고 했던 혈황이 만만치 않은 이한열의 모습을 보고 생각을 바꿨다.

쿠아아앙!

응축된 혈기가 수강이 되어서 이한열의 얼굴을 향해 내리꽂혔다. 직선으로 쭉 작렬하다가 느닷없이 방향을 꺾어 버렸다.

휘익!

이한열의 좌수에서 시퍼런 수강이 튀어나왔다.

쿠아아앙!

수강과 수강이 부딪치면서 재차 강렬한 폭음이 일어났다.

휘익!

혈황이 훌쩍 비무대 위로 내려서면서 이한열을 공격했다. 폭풍처럼 뿜어지는 절초들이 면면부절 이어지면서 가공할 위력을 뿜냈다.

저벅!

이한열이 물러서지 않고 앞으로 나아가면서 혈황과 부딪쳤다.

콰득! 콰득!

콰앙! 콰아아앙!

손과 발 등의 사지가 격렬하게 부딪쳤고, 강기와 강기가 격돌하였다. 끊어지지 않고 절초들이 튀어나와 상대의 목숨을 끊으려고 날뛰었다.

휘이익! 휘이익!

청강석으로 만든 비무대가 완전 폭탄이라도 맞은 것처럼 걸레짝이 되어 버렸다. 무지막지한 위력을 발휘하는 두 절대초인들에 의해서 비무대의 기능을 잃어버렸다.

"혈월초승강!"

혈황이 우수를 휘둘렀다.

휘익!

손등에 맺힌 핏빛 수강이 초승달처럼 휘어지면서 이한열의 복부를 베려고 했다.

이한열이 초승달 수강의 가운데를 주먹으로 그대로 때려 버렸다.

콰앙!

폭음과 함께 붉은 수강이 두 쪽으로 똑 잘려서 이한열의 좌우로 벌어지면서 날아갔다.

"크아악!"

"케엑!"

"으아아아악!"

흥미진진한 대결을 지켜보고 있던 군마들이 마른하늘에

날벼락을 맞았다. 초승달 강기가 번쩍이던 순간 이미 작렬하였기 때문에 피할 수도 없었다.

군마들이 격돌의 여파를 피하기 위해 멀찌감치 떨어져 있었지만 절대적인 위력을 발휘하고 있는 두 초인들 때문에 거리의 의미가 없었다.

한마디로 군마들이 두 초인의 격돌을 구경하기 위해서는 목숨을 걸어야만 했다. 참으로 비싼 관람비였다.

"흐흐흐! 죽어도 못 간다."

"당연하지. 살아서 한 번 보기 힘든 세기의 격돌인데 가기는 어디를 가."

"살고 죽는 건 혈신께 맡기고 우리는 관전하자."

혈마교의 군마들 가운데 거리를 벌리는 자들은 있어도 어느 누구 하나 자리를 뜨지는 않았다. 피와 싸움에 미쳐 있는 자들다웠다.

그렇다고 해서 군마들 가운데 이한열과 혈황의 격돌을 선명하게 지켜보고 있는 사람은 극히 소수였다. 대다수의 군마들은 눈이 돌아갈 정도로 격렬한 다툼의 속도를 따라잡지 못했다. 그리고 강렬한 빛들이 솟구치면서 시야를 방해하고 있었다.

희미하게나마 보고 있을 뿐인데도 불구하고 혈마교의 군마들이 열광하고 있었다. 보지는 못해도 격돌의 여파를 통해 그 강렬함을 느꼈다.

찌릿! 찌릿!

강렬하게 전해져 오는 기파를 접할 때마다 군마들이 환희에 젖어 부르짖었다.

"바로 이거다. 이것이 진정한 초고수들의 격돌이야."

"나도 저렇게 싸우고 싶다."

"백 년을 수련해도 불가능한 일이야."

"염병할 놈! 지금도 너 따위는 손가락 하나만으로도 짓눌러서 터트릴 수 있어."

"오늘따라 죽으려고 날뛰는 놈들이 왜 이리 많이 보이는 줄 모르겠네. 덤벼 봐!"

매섭게 와 닿는 초고수들의 투기에 전율하고 있는 군마들이 마구 싸웠다. 미친 사람들처럼 싸우고 있는 그들은 피에 잔뜩 굶주린 마인들이었다.

일대가 광기에 미쳐서 돌아가고 있었다.

이한열이 혈황과 싸우는 와중에 주변에서 펼쳐지는 광기를 목격했다. 미친 사람들을 보면서 반면교사로 삼았다.

'순수하게 미친 혈마교의 마인들을 무림인들이 두려워한다. 열심히 하는 사람보다 미친 사람이 낫다. 하지만 미친 사람을 뛰어넘는 사람들이 있다. 바로 즐기는 사람들이다.'

이한열은 수단 방법을 가리지 않는 융통성과 함께 즐기는 원리 원칙에 항상 충실하려고 노력해 왔다.

그 결과는 좋았다.

미치는 수준을 넘어 순수하게 이기적으로 즐길 수 있었기에 바다처럼 그 깊이와 넓이를 가늠할 수 없는 힘을 얻었다.

"싸우는 와중에도 한눈을 팔다니! 정말로 미쳤구나."

혈황의 창노한 음성이 터져 나왔다.

눈앞에서 딴전을 피우고 있는 이한열의 모습에 복장이 터져 나갔다.

상대의 자세를 어떻게 받아들이느냐에 따라 인생의 결과가 달라진다.

혈황은 이한열의 실수를 교묘하게 이용하면서 이득으로 챙길 수도 있었지만 분노하면서 스스로의 기회를 깎아 먹었다.

"한눈을 판 것이 아니라 인생의 교훈을 얻은 것입니다."

이한열은 혈마교 군마들의 광기를 반면교사로 삼아 앞으로 나아갈 자양분으로 받아들였다.

실수는 단순히 실수로 끝나지 않는다.

실수는 반드시 성공으로 연결된다.

물론 이건 깨우친 자들에게만 해당되는 사항이다.

이한열은 실수와 성공에 대해서 깨우친 선각자였고, 혈황은 아쉽게도 그런 경지에 이르지 못했다.

무공의 경지가 아닌 인생을 바라보는 가치관의 차이로 인해 벌어진 일이었다. 만약 혈황이 이한열과 비슷한 가치관을 가지고 있었다면 지금보다 높은 경지에 올라설 수 있었을 것이다.

그만큼 실수가 가지고 있는 자양분은 컸다.

그렇기에 실패는 성공의 어머니라는 말이 있는 것이다.

과거에서 낙방했을 때 이한열의 위치는 지극히 보잘것없었다. 진정한 사랑이라고 생각하던 연인에게 버림받았고, 가문 사람들에게까지 손가락질 받았다.

수많은 역경을 이긴 이한열이 놀라운 힘과 권력을 얻었다. 만약 역경과 고난이 없었다면 지금 위치에 서 있지도 못했다.

공부할 것이 있고, 미인이 있고, 권력이 있고, 힘이 있는 이한열은 지금 참으로 행복했다. 자신의 삶을 즐기면서 사랑하고 있었다.

"헛소리!"

"믿지 못하면 말아요."

좋은 소리를 해 줘도 정작 당사자가 귀담아 듣지 않으면 말짱 꽝이었다. 오히려 말한 사람만 입이 아플 뿐이었다.

치이익!

천연덕스러운 이한열의 대구에 혈황의 귀에서 연기가 뿜어져 나올 지경이었다.

마음속에서 천불이 난 혈황 하후연개가 시뻘건 검강을 불러일으켰다.

콰아아아! 콰아아아!

카아아아아아아아!

붉은 검염을 줄기줄기 뿌리고 있는 검강이 무섭게 일어나면서 이한열을 향해 날아들었다. 가만히 정지해 있는 것처럼 보이지만 실상 고속으로 회전을 하고 있는 검강에서 귀곡성과 같은 소리가 일어났다.

휘익!

이한열이 온몸에 호신강기를 두르고 검강을 향해 달려들었다.

콰앙!

호신강기와 검강이 부딪쳤다.

콰아아아! 콰콰콰콰!

가공할 충격의 여파가 일대를 날려 버렸다.

호신강기에 막혀 버린 검강이 산산조각 나면서 사방으로 비산하였다.

휘익!

검강을 뚫으면서 돌진한 이한열의 눈앞에 혈황이 서 있었다.

퍽!

묵직한 소리가 터졌다.

혈황 하후연개는 가공할 거력이 담긴 주먹에 얻어맞아 코에서 피를 흘리며 뒤로 주춤주춤 물러났다.

주르륵! 주르륵!

"어이쿠! 쌍코피네요."

의도한 대로 정확하게 주먹으로 혈황의 콧대를 때린 이한열이 이죽거렸다.

아래로 준미하게 똑바로 뻗었던 혈황의 코가 주먹에 의해 뭉개져 있었다. 대라신선의 의술을 가진 의원이 온다고 해도 원래의 잘생긴 코로 되돌릴 수 없어 보였다.

"크윽!"

쌍코피가 터진 혈황 하후연개의 얼굴이 흉하게 찌그러졌다.

추했다.

코에서 두 줄기 피를 줄줄 흘리면서 이한열을 매섭게 노려보는 모습이 참으로 꼴불견이었다.

"크아아아악!"

혈황 하후연개가 발악적으로 소리쳤다.

살아오면서 지금과 같은 치욕을 받은 적이 단 한 번도 없는 혈황이다. 강적을 만나 내상을 입은 적은 있지만 쌍코피가 터진 적은 없다.

남자들 사이의 대결에서 코피가 터졌다는 건 승패를 떠나 참으로 많은 의미가 담겨져 있다. 이기고도 코피를 흘리면 졌다는 말이 있을 정도이다.

"웃으세요. 화내니까 흉해 보여요. 그런 꼴로 만든 제가 괜히 미안해지잖아요."

말과 달리 전혀 미안해하지 않는 이한열의 말투였다. 사람 좋게 웃으며 좋게 말해도 워낙에 미운털이 박혀 있어 혈황에게는 나쁘게만 보였다.

第八章
혈황 등극

혈황이 십 갑자에 이르는 내공을 사용하고도 이한열에게 이득을 보지 못했다. 그러나 그가 가지고 있는 힘은 내공이 전부가 아니었다.

쩌어억!

혈황의 두 눈 사이에 새로운 눈 하나가 튀어나왔다.

혈황들에게 대대로 내려오는 혈마교의 지존 신물인 마혈목이었다. 술법 가운데 최악이라고 평가받는 저주 술법에서 태어난 마혈목은 영성을 지니고 있는 지독한 마물이었다.

마혈목의 붉은 눈알과 마주친 자는 정신이 혼미해지고, 종국에는 마혈목에 영혼을 잡아먹힌다.

혈황들이 인체의 한계를 뛰어넘어 십 갑자를 보유할 수 있었던 배경에는 마혈목이 있다. 마혈목이 오 갑자에 달하는 힘을 혈황들에게 전해 준다.

스팟! 팟!

마혈목의 붉은 눈알이 이한열을 응시하였다.

[맛있어 보이는구나.]

영성을 지닌 마혈목이 이한열에게 뜻을 보냈다. 그러면서 강력한 영기를 뿌리고 있는 이한열을 잡아먹으려고 사악한 마기를 뭉클뭉클 뿜어냈다.

마혈목은 강한 영혼을 잡아먹으면서 성장한다.

휘청!

혜광심어처럼 전해지는 뜻과 함께 마혈목의 사악한 마기에 직격당한 이한열의 신형이 앞뒤로 요란하게 흔들렸다.

"크크크크! 내가 가지고 있는 힘은 무공이 전부가 아니다. 저주술과 함께할 때 최강의 힘을 발휘할 수가 있다. 너의 실수는 내가 마혈목을 꺼낼 수 있다는 것을 몰랐다는 점이다."

혈황이 앙천광소를 터트렸다.

그동안 당했던 설움이 많았는지 이번에는 역으로 이한열에게 친절하게 설명해 줬다.

"이…… 이건?"

"기고만장하더니 꼴이 좋구나. 어떻게 죽여 줄까?"

혈황의 두 눈 사이에 생겨난 마혈목의 눈이 점점 붉게 충혈되어 갔다.

혈황이 마혈목을 인체 밖을 끄집어내면서 많은 손해를 봐야만 했다. 마혈목의 사악한 마기에 생명의 근원인 진원진기가 깎여 나가는 걸 감수했다.

마혈목의 등장과 함께 혈황의 수명이 족히 십 년은 줄어 버렸다. 그렇지 않아도 내리막길을 걷는 늙은 육체가 더욱 노회해졌다.

심지어 진원진기가 모두 소모되어 혈황이 죽을 수도 있었다.

사악한 마기에 당한 이한열이 석상처럼 뻣뻣하게 굳어 버렸다. 그의 두 눈이 마혈목에 완전히 고정되어 있었다.

파라락! 파라락!

파라라라라락!

전율하고 있는 이한열의 머리카락과 옷자락이 미친 듯이 펄럭였다.

"두려움에 용을 써도 마혈목에서 벗어날 수 없을 것이다."

막바지에 몰아넣었다고 생각한 혈황이 서두르지 않고 천천히 이한열을 향해 걸었다. 공포에 질려 딱딱하게 굳어 버린 이한열의 모습을 조금이라도 더 오래 눈에 넣으면서 만끽하고 싶어 했다.

이한열 따위가 마혈목을 이겨 낸다고는 상상도 하지 않았
다.

[맛있는 먹잇감! 내 성장의 자양분이 되어라.]

마혈목이 이한열에게 연신 뜻을 전해 왔다.

오랜 시간 혈마교에서 엄청난 피와 영혼을 섭취한 마혈목
은 그 자체로 하나의 마물이었다. 명성 높은 고승이라고 해
도 마혈목 앞에서는 숨을 죽일 수밖에 없었다.

선으로 마를 상대하는 건 쉽지 않다.

하지만 마를 마로 대하면 쉬운 경우도 생겨난다.

더욱 큰 마가 작은 마를 잡아먹기 때문이다.

[정말로 맛있어 보이는구나.]

이한열이 마혈목에게 의지를 투사했다.

[맛있다고?]

[너에게서 향긋한 냄새가 폴폴 나고 있어.]

[웃기지 마! 잡아먹는 건 나다.]

마혈목은 칠팔 세 정도 되는 어린아이 수준의 지성을 지니
고 있었다. 그렇기에 말투가 무척이나 천박하였다.

[영성을 지녔다고 해서 가품이 진품이 되는 건 아니야.]

이한열에게 마혈목의 사악한 마기는 무척이나 익숙했다.

그가 석상처럼 딱딱하게 굳어 있는 건 사악한 마기에 당
해서 아니었다. 너무나도 익숙한 기운이 혈마교에서 느닷없

이 튀어나왔기 때문이었다.

'천인혈골과 혈혼피에 깃들이 있던 배교의 사악한 기운과 완전히 일치해. 마혈목은 배교의 주술에 의해 탄생한 마병이야.'

마병들은 이한열을 성장시키는 데 있어 저마다 톡톡한 역할을 했다. 이번에 등장한 마혈목도 그런 역할을 할 수 있을 것이 분명했다.

부르르! 부르르!

이한열의 전율은 두려움 때문이 아닌 새로운 기연을 접한 즐거움에 의한 것이었다.

우우우웅! 우우우웅!

천인혈골이 웅장하게 울부짖으면서 신성의 기운을 흩뿌렸고, 혈혼피에서 흘러나온 기운이 신성에 힘을 보탰다.

배교의 주술을 통해 제대로 만들어진 두 마병의 등장에 영성을 지닌 마혈목이 움츠러들었다.

혈마교는 마교와 함께 배교를 중원 무림에서 몰아낸 뒤, 배교의 무공 서적과 주술 비급들을 많이 쓸어담았다.

역대로 혈황을 비롯한 사제들이 배교의 놀라운 주술에 감탄하였고, 혈마교에 배교의 주술을 받아들였다.

혈마교 저주술의 발달 뒤에는 배교의 주술이 있었다.

신성을 지는 배교의 진정한 교주인 이한열에게 혈마교의

저주술은 애당초 통하지 않았다. 혈황들이 역대로 육체에 받아들여 키워놓은 마혈목은 이한열의 입장에서 엄청난 영약이나 마찬가지였다.

[이건 무슨 힘이냐?]

엄청난 압박감과 존재감에 마혈목이 흠칫 놀랐다.

천인혈골과 혈혼피에서 흘러나오는 가공할 기운에 붉은 눈알의 실핏줄이 터져 버렸다.

[너의 근원이란다. 크크크크!]

이한열이 놀란 마혈목에서 뜻을 전했다.

부르르! 부르르!

이길 수 없다는 진실을 깨닫는 동시에 잡아먹힐 수 있다는 지독한 공포감에 마혈목의 붉은 눈이 요동쳤다.

이한열의 코앞에까지 다가온 혈황이 이변을 알아차렸다.

"이건……?"

혈황의 부릅떠진 두 눈에서 대경실색한 기색이 역력했다.

일개 강호인에게서는 전혀 느낄 수 없는 이질적인 힘의 정체를 그는 즉시 알 수가 있었다.

그의 머릿속에 떠오른 두 글자!

배교!

"배교의 후인이냐?"

혈황이 경기하며 물었다.

사라졌다고 알려진 배교의 등장은 혈마교에 있어 엄청나게 중대한 사건이었다. 배교에 저지른 짓이 있었고, 또 혈마교의 절기들 가운데 상당 부분이 배교의 것들로부터 만들어졌기 때문이다.

콰콰콰콰! 콰콰콰콰!

엄청난 기세를 구름처럼 뿜어낸 이한열이 바로 눈앞에서 한눈을 팔고 있는 하후연개를 주먹으로 후려쳤다.

퍼억!

콰앙!

묵직한 소리와 함께 이한열의 주먹이 하후연개의 약해진 호신강기를 뚫고 얼굴에 그대로 작렬했다. 그런데 작렬한 장소가 뭉개진 코였다. 한 마디로 때린 데 또 때린 셈이다.

"크헉!"

기고만장해하다가 느닷없이 한 방 얻어터진 하후연개가 피를 토하면서 뒤로 물러났다.

"한눈팔지 말라고 그렇게 떠들어 대더니 정작 자신이 주의를 잃어버렸군요."

휘익!

쏘아진 화살처럼 나아가 정신없이 물러나는 하후연개에게 붙은 이한열이 강력하게 압박하면서 쉴 새 없이 마구 주먹과 발을 내뻗었다.

퍼억! 퍽!

콰앙! 콰아앙!

빠바바바바박!

"커억! 헉!"

마구 두들겨 맞는 하후연개의 입에서 연신 비명 소리가 흘러나왔다. 십 갑자의 내공을 모조리 끌어올려 호신강기를 일으키고 있었지만 속수무책으로 꿰뚫렸다.

"마혈목! 놈의 이지를 흩어뜨려라!"

하후연개가 마혈목에 진기를 잔뜩 주입하였다.

파앗! 파아앗!

마혈목에서 뿜어진 붉은 광채가 이한열을 직격했다.

마혈목 앞에서는 대라신선도 견디지 못하고 흔들린다.

하지만 배교 신성의 힘을 지닌 이한열에게는 해당 사항이 아니었다. 오히려 배교의 주술로 만들어진 마혈목의 기운이 편안함과 안락함을 선사해 줬다.

따뜻한 봄날 산책이라도 나온 것처럼 여유로운 이한열이 마혈목에게 강렬하게 뜻을 전했다.

[자꾸 까불거리면 완전히 씹어서 삼켜 버린다.]

[무섭다. 살려 줘라.]

[이제부터 하후연개가 아닌 나의 말을 들어라.]

[알았다. 이제부터 나의 주인은 너다.]

마혈목이 이한열에게 완전히 복종했다.

하후연개에게 흘러들어가는 오 갑자의 진기를 끊어 버렸다.

치명타였다.

그렇지 않아도 이한열에게 밀리고 있던 혈황은 갑자기 끊겨 버린 오 갑자의 진기로 인해 몸놀림에 큰 영향을 받아 버렸다.

"마혈목! 왜 갑자기 진기를 보내지 않는 것이냐? 빨리 진기를 보내라."

하후연개의 목소리가 무척 다급했다.

지금까지 말을 잘 듣던 마혈목이 침묵한 채 반응하지 않았다.

이미 마혈목은 자신의 살길을 찾아 이한열과 손을 잡았다.

빠바바바바바박!

이한열이 더욱 강력한 주먹질을 마구 해 댔다. 마구잡이로 때리는 주먹질이었는데, 그 가운데 일부가 무너진 콧대를 자꾸만 가격했다.

주르륵! 주르륵!

붉은 피를 흘리는 하후연개의 얼굴 가운데가 완전히 뭉개져 갔다.

"교주인 내 앞에서 배교 물건을 사용해서는 안 되죠!"

"네놈이 배교 교주라고?"

하후연개가 대경실색했다.

강호에서 완전히 사라졌다고 알고 있던 배교의 교주가 등장한 것이다. 그리고 그냥 명목상의 교주가 아닌 신성을 지닌 진정한 교주의 등장이라는 것을 일련의 상황을 봐서 알 수 있었다.

"자꾸 놈이라고 하지 마세요. 듣는 놈이 기분 나쁘잖아요."

콰아앙!

이한열이 강력한 일격으로 하후연개의 몸을 허공으로 날려 버렸다. 땅을 박차고 재차 따라붙으면서 연속적으로 공격을 하려고 했다.

휘이익!

하후연개가 무지막지한 공격에 당하는 와중에 발보등공의 경신법을 발휘하였다. 왼발로 오른발 등을 차면서 허공으로 치솟아 올랐다.

탁!

하후연개가 이한열과 거리를 두고 비무대 위로 내려섰다.

"이 놈은 배교의 교주다. 혈마교의 적을 죽여 버려라!"

하후연개가 악에 받쳐 소리쳤다.

비록 사문화되다시피 했지만 배교는 마교와 함께 여전히 혈마교에 있어 처리해야만 하는 주적이었고, 배교의 교주는 제일 척살 대상 인물이었다.

신성을 가지고 있는 배교 교주는 혈황 하후연개가 홀로 대적할 수 있는 존재가 아니다.

혈마교에서 혈황만이 볼 수 있는 비서에 따르면 신성을 담고 있는 배교 교주의 주먹에 당시 천하제일인이었던 고대의 혈황이 치명적인 내상을 입고 결국에는 사망했다는 글귀가 있다.

혈마교가 마교와 함께 손을 잡고 배교를 친 건 신성을 가지고 있는 배교 교주가 너무나도 위협적이기 때문이었다.

그런데 두려움의 존재인 신성의 배교 교주가 지금 하후연개의 눈앞에 떡 하니 모습을 드러냈다.

"와아아아! 장손무기가 혈황을 밀어붙이고 있다."

"새로운 혈황이 등장하려고 한다."

"세대 교체의 역사적 현장을 내 눈으로 목격하다니, 너무 즐겁다."

혈마교의 군마들이 환호성을 내질렀다.

그들의 귓가에는 하후연개의 목소리가 들리지 않는 듯 보였다.

"미친놈들아! 배교의 교주가 나타났다. 이 녀석을 공격하라니까!"

하후연개가 목청을 드높여서 육합전성과 사자후를 터트
렸다.

그러나 여전히 혈마교의 군마들은 움직이지 않았다.

"소용없어요. 비무대 일대는 기막으로 가로막혀 있으니
까."

이한열이 하후연개의 음성이 빠져나가지 못하도록 막았
다. 진실한 정체가 알려졌다가는 혈마교 군마들 전체와 싸
워야 하는 상황이 오기에 번거로웠다. 그리고 앞으로 데리고
있어야 할 부하들이기에 죽일 필요가 없었다.

단순한 기막이 아니었다.

고도의 운용법이 가미된 이한열의 기막은 하후연개의 음
성만 막을 뿐 타격 소리와 강기들의 충격음 등은 여전히 비
무대 밖으로 빠져나가게 했다.

"이렇게 된 이상 동귀어진으로 함께 죽겠다."

하후연개의 두 눈에서 원독에 찬 광기가 흘러나왔다.

콰아아아! 콰아아아!

진원진기까지 건드린 하후연개의 전신에서 붉은 강기의
물결이 무섭게 일어났다. 반구형으로 커져 나가던 기운이 다
시금 하후연개에게로 몰려들었다. 온통 붉게 물든 하후연개
는 건드리는 순간 터져 버리는 폭탄이 되었다. 터지는 순간

벽력탄 수백 개가 동시에 폭발하는 위력을 가졌다.

"크크크크! 함께 죽자."

하후연개가 땅을 박차고 벼락과 같은 속도로 이한열에게
로 쇄도했다.

파라라락! 파라라락!

쇄도하는 하후연개가 뿜어내는 경력으로 인해 이한열의
옷자락과 머리카락이 마구 흔들렸다. 폭풍 속에 서 있는 이
한열이 물러나지 않고 제자리에 오롯이 서 있었다.

"최후의 일격치고는 아쉬움이 많네요."

오 갑자만 사용하고 있는 하후연개는 십 갑자를 모두 사
용할 때보다 전력이 크게 약화되어 있었다. 생명의 기운인
진원진기까지 사용했지만 그 위력은 종전에 비해 약했다.

휘익!

하후연개가 코앞으로 닥쳐들자 이한열이 가볍게 우수를
휘둘렀다.

사아악!

절삭음 소리가 울렸다.

이한열의 우수가 하후연개의 어깨에서부터 심장까지 사선
으로 가르면서 지나갔다.

"쿨럭!"

심장이 박살 난 하후연개가 피를 토해 냈다.

마지막 힘을 모아 폭시혈공으로 몸을 터트리려고 했다. 피와 살점 하나하나가 가공할 위력을 담고 있었다.

"안 돼요. 터지는 건 상관없는데, 제가 가져가야 할 물건이 있어서요."

푹!

이한열의 손가락이 하후연개의 미간 사이를 꿰뚫고 들어갔다. 동시에 하후연개의 몸이 터지지 못하도록 육체를 강제로 조절하였다.

푸확!

하후연개의 두개골에 깊숙하게 박혀 있던 마혈목이 이한열에 의해 밖으로 빠져나왔다.

드드드드! 드드드드!

쩌저적! 저저저적!

하후연개의 몸이 거칠게 꿈틀거리는 동시에 마른 논바닥처럼 쩍쩍 갈라졌다. 그 사이로 붉은 핏물이 비릿한 냄새를 풍기며 빠져나왔다.

폭시혈공이 터지기 직전이었다.

"함께…… 죽자."

하후연개가 이한열의 몸을 껴안으면서 동반 폭사하려고 했다.

"남자랑 껴안는 취미는 없어요."

폭사하는 건 괜찮았지만 껴안는 건 사양인 이한열이었다. 이한열의 역린을 건드린 것이 하후연개의 마지막 순간을 결정했다.

슥!

이한열이 양손을 교차로 휘저었다.

최후의 힘을 이용해 터지려고 한 하후연개의 몸이 날카로운 수강 앞에서 네 조각으로 나뉘어졌다. 마지막 순간까지 마음대로 하지 못한 하후연개의 비참한 최후였다.

우우우웅! 우우우웅!

마혈목이 울었다.

접촉하고 있는 손가락을 통해 마혈목에게서 방대한 정보가 이한열에게로 흘러들어왔다.

오 갑자의 진기를 가지고 영기를 띤 마혈목은 혈마교의 지식 창고였다. 혈마교에 있는 모든 무공 비급과 주술, 역대 혈황들의 깨달음 등이 모두 마혈목에 녹아들어 있었다. 엄청난 양의 지식과 지혜들이 마혈목에 넘쳐났다.

'엄청나구나.'

지금껏 그가 보고 접해 왔던 지식 그 이상의 방대한 양이 들어 있는 마혈목에 이한열이 순수하게 감탄했다.

'혈마교의 혈세서고와 혈도서고를 방문할 필요가 사라졌네.'

여관숙이 방문했던 혈세서고를 찾아가려고 했던 이한열이다. 사갈철왕의 자서전을 읽으면서 결심했던 부분이 마혈목으로 인해 사라졌다.

마혈목은 혈마교 그 자체라 해도 무방했다.

혈마교 교주 혈황이 가질 수 있는 마혈목이 이한열의 수중에 들어왔다.

"맛있겠구나."

이한열이 향긋한 냄새를 풍기는 마혈목을 보면서 입맛을 다셨다.

마혈목을 몸에 받아들이는 데에는 두 가지 방법이 있었다. 이마에 직접 박아 넣는 것과 복용하는 것 두 가지였다. 역대 혈황들은 전자밖에 할 수 없었다. 하지만 이한열은 달랐다. 후자가 전자에 비해 훨씬 더 얻는 면이 많았다.

[먹으면 안 돼.]

마혈목이 식겁했다.

일반인들에게는 흉측하게 보일지 몰라도 이한열에게는 엄청난 영약이었다.

"까불지 말았어야지."

슥!

그가 마혈목을 입가로 가져갔다.

"맛있게 잘 먹겠습니다."

[아악! 악!]

공포에 질린 마혈목이 이한열에게서 벗어나려고 발버둥쳤다.

"앙탈 부리지 마."

와득!

이한열이 마혈목의 일부분을 덥석 베어 물었다.

고오오오! 고오오오!

물씬 풍겨 나오는 피 비린내와 함께 입안 가득 광기와 마기, 사기들이 휘몰아쳤다. 오 갑자의 후천진기까지 함께 마구 꿈틀거렸다.

[아파! 너무 아파!]

영성의 일부분이 뜯겨 나간 마혈목이 마구 꿈틀거렸다. 하지만 집게처럼 꽉 움켜잡고 있는 이한열의 손가락 사이에서 벗어나지 못했다.

"아프냐, 내 마음은 즐겁다."

마혈목의 아픔은 이한열에게 쾌락이었다.

고오오! 고오오오!

실시간으로 강해지고 있는 이한열의 몸에서 시뻘건 혈기가 마구 넘실거렸다. 마혈목에게서 뺏은 기운들을 몸에 축적하면서 발생하고 있는 이변이었다.

와득! 와드득!

마혈목이 통째로 이한열의 입안에서 부서져 나갔다.

[악! 아아악! 아악……]

마혈목의 비명 소리가 점점 희미해져 갔다.

꿀꺽!

이한열이 분쇄된 마혈목 잔해들을 삼켰다.

쩌어억!

그의 미간 사이가 벌어지면서 붉은 눈동자 사이로 줄이 가 있는 마혈목이 모습을 드러냈다. 마치 고양이 눈동자처럼 생긴 마혈목의 가운데 줄은 신성의 영향 탓에 생겨난 것이었다.

이한열의 신성 아래 마혈목이 다시금 태어났다.

"만세! 장손세가 만세!"

장손산호가 두 손을 번쩍 들면서 환호했다.

이한열의 혈황 등극은 장손세가에게 축복이었다. 이제 혈마교의 누구도 장손세가를 무시할 수 없었다. 장손세가 사람들의 입가에 진한 웃음이 떠올라서 사라지지 않았다.

"우리들의 신, 새로운 혈황이 탄생했다."

"경배하라!"

"혈황! 만세!"

"혈황이여! 영원하라!"

분지에 있는 삼만여 명의 군마들이 일제히 무릎을 꿇고서 이한열을 신으로 영접했다. 가슴 깊이 신으로 영접하면서 최대한의 존경을 표했다.

새로운 혈황을 위한 함성이 분지에서 끝도 없이 계속해서 울려 퍼졌다.

장관이었다.

혈마교가 이한열의 수중에 들어왔다.

우아아아아!

군마들의 함성이 일제히 울려 퍼졌다.

휘익!

획!

사라졌던 구양마혜와 단우령이 나타나서 비무대 위로 올라왔다. 그녀들이 상대를 경계하면서 이한열의 품을 향해 날아들었다.

"좋구나!"

두 여인을 품에 안은 이한열이 만족스러워 했다.

뜻하지 않게 생각한 것 이상으로 엄청난 혈마교의 힘을 가지게 됐다. 피에 미친 군마들은 강호 무림을 일통시키는 데 있어 엄청난 전력으로 활용할 수 있었다.

이한열의 강호일통 계획에 속도가 붙었다.

"혈마교는 오랜 시간 잠을 잤다. 이제 우리는 강호로 진출하겠다."

이한열이 선언했다.

"와아아! 혈황 만세!"

"와아아아아아! 드디어 강호로 나가게 됐다."

부복하고 있던 군마들이 일제히 환호성을 내질렀다.

혈마교 군마들 사이에는 강호 진출을 막고 있는 수뇌부들에 대한 불만이 크게 팽배해 있었다. 그러던 차에 새로 혈황이 된 이한열이 그들의 불만을 충족시켜줬다.

"고금제일마 혈마가 무섭지 않나요?"

"혈마가 찾아올 수도 있어요."

단우령과 구양마혜가 우려를 표했다. 그녀들은 혈황의 자리에 오른 이한열을 대하는 태도가 달라져 있었다.

"걱정하지 마. 고금제일마 혈마는 오지 말라고 해서 안 올 사람이 아니고, 오라고 해서 올 사람도 아니지. 혈마교는 그냥 하고 싶은 대로 하면 돼."

이한열은 고금제일마 혈마에 대해서 나름 정통했다.

고금제일마 혈마와 이한열의 무위가 아직 큰 차이가 있는 건 사실이지만 공통점도 있었다. 두 명 모두 이기적으로 하고 싶은 대로 하면서 살아가는 인간들이라는 점이었다.

"단우세가는 혈황의 뜻에 전적으로 따르겠어요."

"구양세가도 혈황의 뜻에 따라 강호에 진출하겠어요."

혈마교 사대 가문 가운데 삼대 가문이 이현열에게 협력했다. 전대 혈황 하후연개의 시대가 저물고, 새로운 혈황 장손무기로 위장한 이한열의 시대가 도래했다.

긴 잠을 자고 있던 혈마교가 다시 준동하며 본격적인 피의 시대를 열려 하고 있었다.

第九章

무학관

수차례의 비무 끝에 이한열이 혈마교의 교주인 혈황의 자리에 올랐다.

최고의 위치를 차지하였지만 고민이 없는 건 아니었다.

"혈황에 올라선 건 이른바 창업을 한 것과 마찬가지이다."

이한열의 머릿속이 복잡해졌다.

모든 일에는 어려움이 있는 법이다.

창업도 어렵고, 수세도 어렵다.

그러나 지금의 이한열은 혈마교에서의 창업을 이미 이룩했다.

혈황에 올라서는 어려움은 이미 지난 일이기 때문에 이제부터는 오직 수세의 어려움을 생각하며 전진하는 것이 현명하였다.

"혈마교의 전력은 충실하다. 이를 잘 유지, 발전시키면서 하나로 만드는 것이 중요하다."

그가 수세를 좋게 만들기 위해 머리를 굴렸다.

강자지존을 숭배하는 혈마교라고 하지만 내부 다툼이 없는 건 아니다.

"하후세가가 골칫거리이다."

전대 혈황과 혈왕자를 동시에 잃어버린 하후세가는 이한열을 무척이나 꺼려하고 있었다. 특히 가주였던 하후무치의 눈빛에는 반발심과 적의가 가득 넘쳤다.

"무력으로 다스릴 수도 있지만 지금은 문치가 앞서야 할 때다."

이한열이 칼이 아닌 붓을 들기로 했다.

칼을 들어 엄히 다스려도 무방했지만 붓으로 처리하는 편이 훨씬 더 좋다고 판단 내렸기 때문이었다. 그리고 그 판단이 하후세가에 꼭 도움이 되는 건 아니었다.

"끝까지 말을 듣지 않는다면 결국에는 삭초제근을 해야겠지."

무서운 말을 참으로 담담하게 내뱉으면서 하후세가의 처리 방향을 정해 놓은 이한열이었다.

"우선을 기회를 주자. 하후세가를 품 안에 들일 수 있다면 혈마교의 전력에 큰 보탬이 될 테니까."

이한열은 이용할 수 있는 걸 굳이 나서서 먼저 버리고 싶지 않았다. 단물이 남아 있다면 끝까지 쪽쪽 빨아먹을 준비가 되어 있었다.

"이대로 꿀꺽하려다가는 체할 수도 있어."

혈마교의 전력은 단일 세력으로 중원 무림을 긴장시킬 수 있을 정도로 거대했다. 그런 혈마교를 가장 강하다는 이유 하나만으로 단숨에 삼킨다는 건 사실상 어려움이 많았다.

혈마교의 가공할 전력으로 인해 많은 고민은 한 이한열은 결국 중대한 단안을 내렸다.

"강자지존을 숭배하는 혈마교에 학문을 퍼트려야 한다. 학문은 사람의 도리를 알 수 있게 해 주는 법이니까."

이한열은 무릇 포장하는 기술을 알았다.

곧이곧대로 학문을 권장한다고 하면 혈마교의 군마들이 미쳐서 날뛸 게 확실했다.

"전력을 더욱 강화시키고 무력을 더욱 신장시킬 수 있다는 이유를 구실로 내세워야겠다."

이한열의 말이 틀린 건 아니었다.

높은 위치에 올라서기 위해서는 공부가 필요했고, 학문의 도움이 있어야 가능했다. 학문을 모르면 무공에 담겨져 있는 이치를 알지 못하게 된다. 그렇기에 무공을 무학이라고도 하는 것이다.

이한열은 전력을 더욱 강화시킨다는 미명 하에 특명을 내려 무학관을 설치하기로 마음먹었다.

무학관!

이한열의 혈마교 장악에 있어 가장 중추적인 역할을 할 기관이었다.

혈황의 명령이 있었지만 혈마교의 군마들은 기본적으로 학문에 대한 거부감을 드러냈다.

"무학관이 필요한가요? 학문을 배우지 않아도 혈마교의 무인들은 강해요. 그리고 매일 강해지기 위해 부단히 노력하고 있고요. 분위기가 좋지 않아요."

이한열과 함께 밤을 보낸 구양마혜가 미간을 찌푸리면서 이야기했다. 혈마교의 분위기와 사람들의 활용과 운영에 대해 조언하고는 하였다.

"예로부터 현명한 군주는 학문을 가까이 하는 법이지."

"학문은 체질적으로 혈마교에 맞지 않아요."

"알고 있어."

"그런데 왜 무학관을 설치하시려고 하는 건가요?"

"무학을 공부하라는 것이 아니야. 무학관에서 즐기는 시간을 가지라고 하는 것이지."

"네?"

"혈마교의 고수들이 공부를 등한시해도 강하다는 건 알고 있어. 그러나 모르고 가는 길과 알고 가는 길은 천양지차인 법이지. 깜깜한 길을 걸어갈 때 횃불을 들고 가면 빠르고 정확하게 갈 수 있어. 무학관은 혈마교와 혈마교의 사람들에게 그런 곳이 될 거야."

"……."

구양마혜가 잠시 눈을 깜박거렸다.

긴 속눈썹이 폭풍이라도 만난 것처럼 마구 흔들렸다.

사실 그녀도 공부와 담을 쌓아 놓고 지냈다. 무공을 익힐 수 있는 최소한의 한도로 공부하는 동시에 몸으로 부딪쳐 가면서 지금의 실력을 쌓았다. 한마디로 무식하게 도전하였고 천부적인 재능을 가지고 있어 지금 위치에 도달하였다.

"무학관이 세워질 수 있도록 도와줘."

이한열이 차근차근 말했다.

일의 전후 과정을 설명해 주면서 구양마혜의 도움을 요청했다.

혈마교를 지탱하고 있는 네 개의 기둥 가운데 구양세가의 중심점이 바로 구양마혜였다. 구양마혜의 도움은 구양세가의 도움으로 이어졌다.

"공부는 싫은데……."

"마혜의 공부는 내가 직접 가르쳐 줄게."

"단둘이서 가능한가요?"

"물론이지."

"좋아요."

구양마혜가 단숨에 승낙하며 고개를 마구 끄덕였다. 여전히 공부가 싫었지만 이한열에 대한 뜨거운 감정이 더욱 앞섰다.

혈마교의 사대 가문 가운데 하후세가를 제외한 세 가문이 무학관 설치를 받아들였다. 하후세가가 미적지근한 반응을 보였지만 이한열이 혈황의 신분을 내세우면서 명령해 어쩔 수 없었다.

*　　　*　　　*

문무백관의 세계에서는 문벌 출신이나 유학에 밝은 자가 위세를 떨친다. 유학에 밝아서 진사의 신분에 올라 많은 혜택을 보고 있는 대표적인 자가 바로 이한열이었다.

그러나 혈마교에서는 학문이 오히려 입신출세의 장애물이 될 뿐이다.

약육강식의 세상인 혈마교에서는 힘 있는 자가 좋은 자리를 모두 차지하고 있었다. 혈마교의 사람들에게 필요한 것은, 어느 누구라도 박살 낼 수 있는 힘과 상대방과 경쟁하여 신속 정확하게 목숨을 빼앗는 능력뿐이다.

학문만 익힌 나약한 학사들은 혈마교에서 이른바 찬밥이었다.

혈마교에서 학사로 살아가기 위해서는 어디든 위험이 숨어 있는 곳을 탐지해 내는 발달된 촉각과, 눈치 빠르게 위험으로부터 몸을 사려 벗어나는 임기응변의 재치가 필요했다.

학사들은 혈마교의 모든 사람들로부터 힘없는 나약한 존재라고 멸시를 받는다.

무학관!

혈황의 명령으로 혈마교에 무학관이 도처에 설치되기 시작했다. 그리고 그런 무학관에 혈마교 사람들로부터 혐오와 경멸의 눈빛을 받던 머리 좋은 학사들이 선생님으로 초빙됐다.

"약한 우리가 혈마교에서 고개를 빳빳이 드는 날이 올 줄은 몰랐어."

"해가 서쪽에서 뜨겠다."

"혈황께서 우리들의 살길을 열어 주셨다. 혈황님! 만세! 만세!"

"혈황님! 최고!"

혈마교에서 고개도 들지 못하고 바닥에 납작 엎드리면서 살아가고 있던 학사들이 일제히 환호했다.

혈마교의 학사들은 기본적으로 머리가 좋고, 천성적으로 학문을 좋아하던 자들이다. 밑바닥에 있었지만 혈마교 마인들에게 질시받는 것을 역이용하여 항상 이득을 챙겨 왔다. 마인들의 우월감을 부추겨 주면서 항상 실질적 이익을 손아귀에 틀어넣으려고 머리를 굴려 왔다.

혈마교 학사들은 이득에 민감했다.

이런 종류들의 학사들에 있어 정점을 찍고 있는 존재가 있다면?

바로 이한열이었다.

학사였기에 혈마교 학사들 감정을 잘 알았고, 부귀영화를 누리는 데 있어 타의 추종을 불허하여 앞서 나갔기에 혈마교 학사들이 누리고자 하는 것도 누구보다 잘 이해했다.

사실 원시림 속 음산하고 살벌한 약육강식을 방불케 하는 강자존의 세계에서 몸에 밴 학문의 가르침 따위는 자유로운 혈마교의 생활을 방해할 뿐이었다.

혈마교의 학사들은 지금까지 도서관의 학사와 최하위적인 서기, 최하위직 관리가 되는 게 최선의 길이었다.

혈마교에서는 무공을 익혀 무인으로 성장하는 것이 최고였다. 그런 사실을 혈마교에서 살아가는 사람이라면 누구나 안다.

그러나 안다고 해서 모두가 할 수 있는 건 아니다.

그리고 학문을 좋아하는 사람들이 있다.

이건 어쩔 수가 없는 하늘이 내려 준 천부적인 본능이었다.

혈마교의 학사들은 머리가 좋았기에 혈마교에서 성공하기 위해서는 무공을 익혀야 한다는 걸 너무나 잘 알았다. 하지만 본능 때문에 무공을 멀리하고 학문의 길을 걸어갔다.

학자 성향의 두뇌를 가진 데다가 학문 탐구의 매력에 사로잡힌 그들은 공부를 좋아하였기에 마인들에게 멸시와 천대를 당하면서도 학문을 파고들었다.

"무학관에서 마음껏 학문을 공부하라! 그리고 정진한 학문의 세계를 혈마교의 사람들에게 전파하라!"

이한열이 학사들의 처우 개선과 함께 원하던 바를 마음껏 하라고 명령했다.

사실 학사들은 혈마교의 자금 운용과 물자 분배, 인적 쇄신, 무공을 비롯한 학문 분류와 연구 등 중요한 각종 업무를 해결해 오고 있었다.

혈마교에 있어서 학사들은 인체와 비교하면 피와 같은 존재였다.

밑바닥 삶을 살아가던 사람들에게 어떻게 하면 존경과 신뢰, 사랑을 받을 수 있는지 이한열은 주자소에서의 삶을 통해 알고 있었다. 그때 느끼고 깨달았던 점들을 다시금 되풀이했다.

"집이 바뀌었어. 냄새나던 집에서 벗어나 도심의 깔끔한 저택으로 옮겼어."

"월급이 엄청나게 올랐어."

"처우가 바뀌자, 아들과 딸이 너무 좋아해."

"밥상이 달라졌어. 아내가 어제 사랑한다고 말해 주더라. 난생처음이었어. 눈물이 다 나더라."

혈마교의 구석구석까지 업무를 봤지만 밑바닥에서 비천하게 살아가던 학사들이 감동받았다. 전과 비교할 수 없을 정도로 풍족해진 삶에 극히 만족했다.

학문이란 끝없이 깊고 높은 것!

닦을수록 값진 보배와 같다.

혈황의 학사 우대 정책은 혈마교에 널리 퍼져 나갔다. 은거하거나 숨기고 있던 학문적 재능을 밝힌 인재들이 속속 등장했다. 뿐만 아니라 소식을 들은 학사들이 외부에서 찾아와 문전성시를 이뤘다.

학문의 경지가 드높은 학사들은 풍성한 혜택과 그동안 받지 못했던 포상까지 한순간에 받아 냈다. 학문적 경지가 낮다고 해도 재능이 높고 열정이 있으면 예전과 비교할 때 하늘과 땅만큼 큰 차이의 혜택을 받을 수 있었다.

학사들의 비극적 운명이 이한열의 혈황 등극과 함께 희극적으로 뒤바뀌었다.

"무학관에서 내 모든 열정을 불태우겠어."

"최선을 다해 무인들을 가르칠 생각이야."

"그 전에 혈황님의 위대함을 이야기해야 해."

"당연하지."

학사들은 무학관에서의 학문적 가르침에 있어 이한열의 위대함을 항상 이야기했다. 무학적인 지고함과 무공의 가공함, 그리고 일인무적의 엄청난 투기 등 이한열을 신적으로 추켜세웠다.

그리고 이한열은 이런 부분을 쑥스러워하면서도 뒤에서 은근히 조장하였다.

"재미없다."

"역시 학문은 싫어."

"학사 나부랭이들에게 공부를 배우고 싶은 생각이 없어."

혈마교 마인들은 무학관에서의 배움에 있어 큰 반발을 드러냈다. 지루하기 짝이 없는 내용 탓에 수업 중간에 자리를 박차고 나가기까지 했다.

힘이 없는 학사들로서는 마인들을 제대로 관리할 수 없었다. 그저 마인들이 지루하게 생각하는 학문적 내용을 귀에 못이 박히도록 이야기할 뿐이었다.

"하암! 하품 나온다."

"새로 등극한 혈황님을 생각해서 무학관에 왔는데, 너무 재미없다. 이제부터 안 오련다."

"같이 나가자."

하품이나 하면서 마지못해 배우던 학생들이 무학관에서
자리를 박차고 나갔다.

우르르!

떼를 지어서 나가는 학생들을 보면서도 학사들이 아무 말
도 하지 못했다. 열정을 가지고 있는 모든 바를 풀어내고 있
었지만 공부하기 싫어하는 학생 앞에서는 속수무책이었다.

이한열은 혈마교의 사람들에게 무학관에서의 수업을 강제
로 들으라고 하지 않았다. 듣고 싶은 사람들만 무학관을 방
문하여 편하게 수강하라고 말했을 뿐이었다.

강제가 아닌 자유로운 분위기로 인해 무학관의 수업 분위
기가 엉망이었다. 경건해야 할 수업이 엉뚱하거나 어수선한
분위기로 발전하기 일쑤였다.

"하하하하! 조금 재미있게 수업 좀 해 봐."

"이러다 무학관 문이 닫히는 수가 있어."

"잘 좀 해라."

수업을 듣던 마인들이 잡담을 하거나 학사들에게 핀잔을
주기까지 했다.

"흠!"

지적을 당하면 학사들이 헛기침을 터트리고는 했다.

처우가 개선되었다고 하지만 힘없는 학사들은 여전히 혈마교의 마인들에 비해 낮은 위치였다. 수업을 하고 있던 중이라고 해도 주의를 주거나 나무라지도 못했다.

"잘 하겠습니다. 예쁘게 봐 주십시오. 여러분들은 학문을 익히면 더욱 강해질 수 있습니다."

"더욱 열심히 노력하겠습니다. 학문은 여러분들의 인생에 큰 도움이 됩니다."

"혈황님의 은혜에 보답할 수 있도록 하겠습니다. 지켜보십시오. 은혜로움을 받을 수 있도록 함께 노력합시다."

신분 차이와 갑과 을을 충분히 알고 있는 학사들이 마인들에게 고개를 조아렸다.

'한낱 참새 두뇌만도 못한 지능을 가진 것들아! 무식하게 힘만 강해서 힘을 가지고 있는 것들아! 혈황님의 은덕을 감사히 받아들여라! 학문은 무공을 탄탄한 기반 위에 올라설 수 있게 만들어 준다.'

'혈황께서는 혈마교의 세계를 넓게 보고 계시는 거다.'

'혈황께서 보고 있는 세상은 어떤 세상일까? 함께 가고 싶다.'

학사들이 마인들을 욕하며 저주하는 동시에 더욱 노력하겠다는 열의를 불태웠다.

이한열의 학업 장려는 무모한 도전이라는 말이 많았다. 거창한 무학관의 계획을 두고 망할 수밖에 없는 무모한 일을 한다고 손가락질을 하는 사람들까지 있었다. 그러나 이한열은 도전할 가치가 충분하다고 생각했다.

도전은 창조로 이어지고, 노력은 진보로 나아가는 디딤돌이 되기 때문이었다. 이한열의 도전이 계속해서 이어지고 있었다.

그리고 그런 도전이 창조라는 형태로 나타나기 시작했다.

혈마교 마인들 모두가 무학관의 공부에 비협조적인 건 아니었다. 일부 깨어 있는 생각을 가지고 있는 사람들과 이한열의 무력에 감복한 마인들이 하라는 대로 그대로 따랐다.

단순무식한 부분에 있어서는 단점도 컸지만 쉽게 믿고 따른다는 장점도 있었다. 믿고 따르는 무학관 교실의 학습 분위기는 비협조적인 마인들 교실과는 딴판으로 아주 진지하였다.

학사들은 교실을 분리했다.

비협조적인 마인들은 한쪽으로 몰고 자발적으로 공부하기 위해 모여든 마인들은 능력 있는 학사들에게 맡겼다.

"부법인 신부귀춘절육참을 익히고 있는데 학문이 필요한가?"

"물론입니다. 신부귀춘절육참은 벽력의 힘을 가지고 있는 패도 무학입니다. 절학인 신부귀춘절육참에는 여러 가지 학문들이 포함되어 있습니다. 시간과 공간을 자를 수 있는 주역의 힘이 가장 크다고 말할 수 있겠습니다."

"관상 볼 때의 주역?"

"주역은 삼라만상의 이치를 풀어놓고 있습니다. 그렇기에 인생지사를 논할 수 있는 것입니다. 인생지사는 아무도 알 수 없을 정도로 심오한데, 주역은 그런 인생의 앞날을 학문적으로 점칠 수 있습니다. 얼마나 심오한 학문이겠습니까?"

"아! 그렇군. 머릿속에 쏙쏙 들어오는군. 수업 듣기를 잘했어."

"모두 혈황님의 은덕입니다."

이한열을 위하는 가운데 공부하는 학생들의 열정이 불타올랐기에 자연히 가르치는 학사들도 열기를 띠었다. 바르게 따라오는 학생들의 분위기에 학사들의 기쁨은 말할 수 없이 컸다.

학사들이 이한열을 숭배했고, 학생들이 이한열을 떠받들었다.

수업이 진행되면서 열심히 공부하는 마인들은 눈부시게 빠른 학습적 진전을 얻었다. 배우는 자와 가르치는 자의 열의와 호흡이 딱딱 맞아 떨어졌다.

우수한 무공을 가진 마인들이 학문에 푹 빠져들자 뛰어난 성과를 얻었다. 기연이라고 말할 수 있을 정도의 무력 신장을 하였다. 무공에서 이해하지 못하는 부분이 있을 때마다 무학적인 이치를 학사들이 풀어 줬다.

"혈황님의 이야기는 언제나 옳다."

"하라는 대로 따르는 것이 남는 것이다."

"혈황께 감사드린다."

학사들의 도움으로 이해 부족한 부분이 해결되자 마인들은 자연스럽게 강해질 수밖에 없었다.

선순환이 이뤄지기 시작했다.

학사들이 무학관에서 학문 탐구와 연구, 학생들 지도에 미친 듯이 열성을 다하였다. 배우는 학생들이 공부할 수 있는 것이라면 무엇 하나 빠뜨리려 하지 않는 탐욕을 부렸다.

학사들과 학생들이 배움과 가르침에 심취했다. 두 진영 모두 좋아하는 일은 하면서 단시일 내에 굉장한 능력을 자랑하게 되었다.

"저번에는 화내고 나가서 미안했어. 수업을 다시 듣고 싶은데……."

"무학관의 문은 언제나 열려 있습니다. 혈황님의 품은 넓습니다."

"고마워."

"앞으로 잘 부탁드립니다."

"내가 할 말이지."

무학관을 박차고 나갔던 마인들이 다시금 공부하기를 원해서 찾아오기 시작했다. 그리고 이런 분위기가 점차 혈마교 내에 퍼져 나갔다. 무학관 수업과 함께 강해지는 마인들을 보면서 함께 날뛰었다.

타인의 기연은 정체되어 있는 사람들에게 피눈물이 되어 돌아온다. 똑같은 위치에 있던 사람이 갑자기 강해지는 걸 보고서 가만히 있으면 혈마교 무인이라고 할 수 없었다.

자연스럽게 무학관 수업 듣기 열풍이 일어났다.

열정적으로 다가서는 마인들을 접한 학사들은 무학관 수업을 하면서 상세하게 가르치게 되었다. 수업을 하면서는 혈황 이한열의 치세를 칭송했다.

마음껏 학문을 연구하면서 대우받을 수 있는 학사와 강해질 수 있다는 사실에 열광한 학생들은 이한열을 신으로 받아들였다.

이한열은 혈마교에서 점점 신적인 존재가 되어 갔다.

"왕태규 학사와 양석 학사를 대전학사로 임명한다!"

이한열의 명령이 무학관의 학사들에게 하달되었다.

대전학사는 혈황의 옆에서 수행하면서 조언을 하는 존재를 의미한다. 기존 혈마교에서 먼지에 파묻혀 버린 학사들이 최고로 올라설 수 있는 위치였다.

이한열이 혈황으로 등극하면서 대전학사는 찬란한 햇빛을

받아 빛날 수 있는 자리가 되었다.

"축하합니다. 왕태규 학사!"

"학문에 정진하더니 양석 학사께서 이제부터 찬란한 빛을 발산할 수 있게 되었군요."

"진정 축하드립니다."

학사들과 마인들이 일제히 찾아와 두 학사를 축하해 주었다. 사람들이 두 사람의 영전을 자기 일처럼 기뻐하는 것이다.

"감사합니다."

"이렇게 기뻐해 주시니 정말로 감사합니다."

두 학사가 진정으로 감사하여 일일이 웃는 얼굴로 인사를 받았다.

무학관에서 뛰어난 학문 솜씨를 자랑하는 두 학사였는데, 사실 가장 뛰어난 학문을 지니고 있지는 않았다.

두 학사에게는 공통점이 있었다.

바로 이한열을 신적으로 받드는 데 있어 가장 열렬한 사람들이라는 점이었다.

혈마교는 종교인 동시에 무림방파였고, 그러면서 나라이기도 했다. 나라의 특성을 가지고 있었기에 명나라처럼 조정 회의를 할 때도 있었다.

피에 미쳐 있는 역대의 혈황들은 정무 보고 시간을 무척 지루해했다. 전대 혈황들이 모두 그랬다. 하지만 이한열은 달랐다.

그는 처음으로 정무 보고를 받는 날부터 온통 관심과 흥미로 흥분된 상태였다.

반짝! 반짝!

눈이 밤하늘의 별처럼 반짝였다.

정무 보고에는 혈마교의 과거와 현재, 그리고 미래가 모두 담겨져 있었다.

그는 혈마교의 핵심이며 중추라고 할 수 있는 모든 것을 듣고 있었다.

이한열은 귀중한 시간을 놓치지 않으려고 매우 집중했다.

이한열이 의논과 토론을 통해 혈마교에게 가장 필요한 것이 무엇인지 빠르면서 정확하게 알아차렸고, 그 일을 기민하게 처리하도록 지시했다.

"영민한 판단입니다. 진사 신분이시라고 하더니 대단하십니다."

"훌륭한 결단입니다."

정무 보고를 하기 위해 찾아온 관리들이 하나같이 만족했다. 빠르게 결정을 내려야 하는 사안이 있어도 이전 혈황에게 결재를 받기 위해서는 족히 한 달은 넘게 걸렸다.

사람들이 이한열의 우수한 두뇌를 칭찬했다.

복잡하고 규모가 훨씬 큰 일을 다루고 있는 황궁에서 생활한 이한열은 혈마교의 일이 무척이나 쉬웠다. 대명 황실과 조정에 비해서 작고 부족했기에 신경 쓰지 않고도 편안하고 가볍게 처리가 가능했다.

이한열은 관리들의 우상 같은 존재가 되었다.

第十章

하후세가내전

이한열은 문무를 겸비한 출중한 인재였다.

두뇌가 명석하고 문무를 겸비한 혈황 이한열의 등장은 혈마교 역사상 전무후무한 일이었다. 무력을 끌어올리는 데 집중한 혈황들이었기 때문에 이한열만큼 학식을 쌓은 자는 없었다.

툭하면 부하들의 목숨을 빼앗는 다혈질 혈황들과 달리 이한열은 차분하고 고요했다.

이한열은 독선을 배제하면서 참을성 있게 사대 세가 인물들의 이야기와 군마들의 하소연에 귀를 기울였다.

특히 중요한 사안에 있어서는 전체 혈마교의 의견을 높이

인정, 합리적이고 민주적인 정책을 펼쳤다. 물론 처음부터 자기의 결정을 숨긴 채 아랫사람들의 의견을 묻는 교활함도 녹아 있었다.

그러나 혈황의 결정이 곧 혈마교가 나아갈 길이라고 하던 절대군주가 대부분이었기에 혈황이 진지하고 참을성 있게 아랫사람들의 의견을 경청한다는 건 혈마교에 있어서 무척이나 드문 일이었다.

아랫사람들은 소신껏 자기 의견을 진언할 수 있었고, 대전 회의에 임하는 자세도 자연히 적극적일 수밖에 없었다.

대전의 한쪽 벽면에 거대한 대륙 전도가 위치했다.

지도 위에는 마교와 구파일방을 비롯한 무림문파들이 나타나 있었고, 세력의 강함을 나타내는 숫자와 기호들이 표기되어 있었다.

"중원 진출은 결코 시기상조가 아닙니다. 정총이 흔들리면서 사마외도들이 준동하고 있습니다. 지금은 혈마교가 강호에 진출할 수 있는 절호의 기회인 셈입니다."

장손산호가 혈황대전에서 열변을 토하고 있었다.

혈황대전에는 사대 가문의 가주를 비롯해서 혈마교의 주요 수뇌부들이 모두 모여 있었다.

혈황배 쟁탈전에서 승리해 새로 혈황이 된 이한열의 강호 진출 주장을 두고 수뇌부들이 갑론을박을 벌였다. 삼대 세가는 찬성하고 있었는데, 하후세가만이 유일하게 반대를 펼쳤다.

"명나라가 가만히 있을까요?"

혈마교의 강호 무림 진출에 있어서 반발하고 있는 하후무치가 제동을 걸었다.

관과 무림이 서로 불침한다고 하지만 그건 관용적인 표현일 뿐이다. 황실은 항상 무림의 움직임을 예의 주시하고 있었고, 마교와 혈마교가 강호 침략을 할 경우 항상 지원을 펼쳤다.

중원 무림 이차 침공 때 혈마교는 파죽지세의 기세로 산서성과 섬서성 그리고 하남성을 점령하였다. 그러고도 힘이 남아 중원 무림으로 쭉쭉 뻗어 나가려고 할 때 검문검색이 강화된 관에 의해 움직임에 제동이 걸렸다.

관의 개입으로 인해 중원 무림은 무너진 전력을 재정비할 시간을 벌게 되었고, 혈마교의 중원일통은 물 건너갔다. 관의 지원을 받는 중원 무림의 거센 반격에 의해 혈마교가 만리장성 너머로 후퇴해야만 했다.

"명나라는 내분과 이족들의 침입으로 인해 만산창이가 되어 있어서 강호에 신경을 쏟을 여유가 없습니다."

장손산호가 단호하게 말했다.

"명나라의 국운은 이미 기울어졌어요."

"지금이 강호일통을 할 수 있는 절호의 기회입니다."

하후무치를 비롯한 하후세가 인물 일부의 반대와 달리 혈마교 내부에서는 강호 진출을 감행하자는 의견이 지배적이었다.

'아예 신경을 쏟지 않는 건 아닌데…….'

권좌에서 회의를 듣고 있던 이한열이 쓴웃음을 지었다.

강호일통을 위해 관에서 나온 이한열이 지금 혈마교 내부에 있었다. 그것도 그냥 있는 것이 아니라 가장 높은 권좌에 앉은 혈황으로서 말이다.

혈마교가 웅크린 채 힘을 쌓고 있었지만 중원 무림에서 완전히 눈을 뗀 것은 아니었다. 언젠가 있을 강호 진출을 위해 장손세가를 교두보로 쓰고자 했고, 장손세가는 꾸준하게 정보를 혈마교에 보냈다.

"이번 기회에 기필코 강호일통을 해요."

"엄청난 신위를 보인 혈황이라면 강호일통을 충분히 할 수 있지요."

구양마혜의 말에 단우령이 힘을 실어 줬다.

그녀들이 사랑으로 가득한 눈빛을 권좌에 앉아 있는 이한열에게 마구 보냈다. 밤에 뜨거운 운우지락을 나누면서 이한열과 만리장성을 쌓았다.

셋이 함께 보낸 열락의 기운이 아직도 뜨겁게 몸에 남아 있었다.

이한열은 역대 최강의 혈황이었다.

구양마혜와 단우령의 말과 함께 대세가 결정되었다.

"강호 진출을 반대하는 것이 아닙니다. 신중해야 할 필요
가 있다는 말입니다."

하후무치가 이한열의 눈치를 살피면서 강호 진출을 극렬
하게 반대했다.

혈마교의 마인들이 강호 진출을 학수고대하고 있었지만
그에 대한 피해도 따져 봐야 했다. 사마외도가 준동하고 있
는 중원 무림이 혼란의 시기를 보내고 있었지만 최고전성기
라는 사실을 부인할 수는 없다.

혈마교의 전력이 최고였을 때에 육박했다고 하지만 중원
무림은 고대 무림 이후 최강의 전력을 유지하고 있다.

혈마교가 중원 무림을 침략한다고 해도 강호일통을 한다
는 보장이 어디에도 없었다.

"맞습니다. 체계적으로 전략과 전술을 수립한 뒤에 만리장
성을 넘어야 합니다."

소수이지만 강호 진출을 반대하는 혈마교 마인들의 의견
들이 일부 있었다. 그로 인해 만장일치가 되지 않았다.

어느 한쪽도 주장을 굽히지 않고 있었기 때문에 회의는 무
의미한 공전을 거듭했다.

슥!

이한열이 권좌에서 일어나면서 회의의 종결을 알렸다.

"이야기들은 잘 들었다. 오늘 회의는 여기까지 하고, 다음에 다시 대전 회의를 열겠다."

혈황대전에서 물러나는 이한열을 구양마혜와 단우령이 따라붙었다. 양쪽에서 함께 걸으면서 연분홍빛 분위기를 꽃피웠다.

'혈황에게 꼬리 치는 염치도 없는 년들! 년들이 꼬리 친다고 줏대 없이 날름 처먹는 혈황 새끼도 죽일 놈이다.'

하후무치의 날 선 시선이 년놈을 싸잡아서 비난했다.

대전에서 혈황이 사라지자 격론이 오가던 회의장의 분위기도 가라앉았다. 그렇지만 다른 의견을 가지고 있는 사람들 사이에 험악한 기세가 오고 갔다.

강호 진출을 염원하고 있는 군마들의 시선이 하후무치를 향해 쏟아졌다.

"흥!"

전대 혈황이 있던 시절 감히 그와 눈도 마주치지 못했던 자들이 고개를 빳빳이 들고 있자, 하후무치가 코웃음을 쳤다. 시대가 바뀌었지만 그는 여전히 과거의 영화에 취해 있었다.

                    *   *   *

"혈황의 권위로 찍어 누를 수도 있는데 왜 그냥 넘어가시
나요?"

"명령 한 마디로 끝낼 수 있는 문제예요."

혈황만이 거처할 수 있는 심처로 이동하면서 구양마혜와
단우령이 불쾌감을 드러냈다. 혈황이 명령하면 아랫사람들은
따라야만 했다.

"면전에서 거품을 물고 반대하는 하후무치의 목을 날려 버
려도 괜찮아요."

"맞아요. 죽여 버려요."

"명령만 내려 주세요."

"제가 당장에 목을 따 버릴게요."

그녀들이 거침없이 하후무치를 처단하자고 이야기했다. 마
음에 담고 있는 이한열을 거부하고 있다는 자체만으로도 죽
을 죄라고 여겼다.

"당장 죽일 필요는 없소."

살기등등한 여인들을 이한열이 말렸다.

이한열은 나름대로의 이유가 있어 하후무치를 방관하고
있었다.

사람은, 특히 높은 위치에 선 일인자는 마땅히 기다릴 줄

알아야 한다.

두뇌가 명성하고, 학문에도 조예가 깊은 이한열은 누구보다 그런 사실을 잘 알았다. 과거에 급제하기 위해 공부하면서 역사를 통해 배운 바가 많았다.

"당장은 아니라고 해도 언젠가는 죽일 거죠?"

"물론이요."

"그때 제가 놈의 목을 딸 수 있게 해 주세요."

등 뒤에서 쏘아지던 불쾌한 시선을 잊을 수가 없던 구양마혜가 살기를 뿜어냈다.

"그렇게 하리다."

무지막지한 살기를 보여 주고 있는 구양마혜를 보면서 이한열은 고개를 끄덕였다.

"심장은 제 몫이에요."

혈황의 자리에 올라서이기도 했지만 밤에 만리장성을 쌓고 난 뒤 단우령이 이한열에게 존대를 하고 있었다. 살포시 눈을 내리깔고 말하는 중년 미부의 모습이 무척이나 요염했다.

"그렇게 하시오."

이한열이 승낙했다.

하후무치의 목과 심장의 주인이 결정됐다.

"언제 죽일 수 있을까요?"

구양마혜는 하후무치의 무례함에 좀이 쑤셨다.

서열이 높은 자신을 고깝게 바라보는 시선도 문제였지만 이한열을 때때로 죽일 듯 바라보는 눈알을 당장에라도 후벼 파고 싶었다.

"작업은 시작되었소. 조만간 하후세가에 분란이 일어날 것이오."

이한열의 입가에 비릿한 웃음이 떠올랐다.

강호일통을 꿈꾸고 있는 이현열의 포부는 지나칠 만큼 광대했다. 역대로 강호일통을 한 사람은 장구한 세월 동안 손가락에 꼽을 지경이었다. 중원을 통일한 황제들 숫자들보다 더욱 적었다. 이는 중원을 차지하는 것보다 무림을 일통하는 것이 더욱 어렵다는 반증이었다.

'독선적 판단과 독단은 실수를 유발한다.'

이한열을 역사를 안다.

천하를 지배하던 폭군들이 하루아침에 이슬처럼 사라졌다는 사실도 말이다. 사치스럽고 방탕한 생활을 하는 폭군은 단 하나의 실수가 수습이 불가능할 정도의 엄청난 피해로 되돌아온다.

이한열이 혈마교의 율법으로 인해 폭군처럼 절대적인 힘을 발휘할 수도 있다. 그러나 그건 망하는 길로 가는 지름길이라는 걸 알았다.

그렇기에 이한열은 실수를 하지 않도록 돌다리도 천천히

그리고 탄탄히 두들겨 가면서 걷고 있었다.

*　　　*　　　*

혈마교의 혈황이기 이전에 태상가주였던 하후연개와 혈왕
자 하후국의 죽음은 하후세가에 엄청난 변화를 불러일으켰
다. 떠받들고 있던 거대한 두 기둥이 쓰러졌기 때문에 하후세
가가 통째로 흔들렸다.

하후세가의 현 가주인 하후무치는 혼란을 수습할 동량을
가지고 있지 않았다.

"혈황에게 전폭적으로 협조해야 합니다."

"웃기는 소리! 태상가주님을 찢어서 죽인 놈에게 어떻게 협
력을 한단 말인가!"

"약육강식의 절대 율법을 어기겠다는 말입니까?"

"강자지존은 따르겠지만 혈황의 명령을 받아들일 수는 없
다는 소리다. 고금제일마 혈마가 존재하고 있는데 어떻게 강
호 진출을 하겠다는 건가? 이는 짚을 들고서 불 속으로 뛰어
드는 것과 똑같다."

하후세가의 사람들은 지금 두 쪽으로 나뉘어져 격론을 펼
치고 있었다.

혈황에게 협력하여 강호 진출을 해야 한다는 주화파와 고

금제일마 혈마를 거론하면서 강호 진출에 신중해야 한다는
주전파였다.

강대한 두 기둥이 뿌리 뽑혀 나갔지만 하후세가는 아직까
지 강대했다. 절대 고수를 제외할 경우 혈마교 사대 가문 가
운데 최강 전력은 아직도 하후세가였다.

주전파의 수장은 가주인 하후무치였고, 주화파의 수장은
동생인 하후무강이었다. 한 핏줄을 타고난 그들이었지만 사
이가 극도로 좋지 않았다.

주전파와 주화파로 나뉘어서 격돌하는 건 혈황에 대한 협
조 여부도 문제였지만 하후세가의 향후 주도권을 잡기 위해
싸우는 것이었다.

하후연개는 후계자로 하후국을 세웠지만, 그 후계자가 불
귀의 객이 되어 버렸다.

'혈황에게 반발하는 형을 몰아내면 내가 가주가 되지 못할
이유는 없다.'

검고 긴 수염이 고슴도치처럼 난 하후무강의 두 눈에 야망
이 일렁였다. 구 척 거한의 하후무강이 묵직하면서도 거칠고
억센 패도의 위압감을 뿌렸다.

혈황이었던 하후연개의 눈빛에는 미치지 못했지만 그 역시
혈마교 서열 십일 위에 올라서 있는 초강자였다. 강한 기세를
뿌리면서 주변 사람들을 답답하게 짓눌렀다.

"세가의 힘을 하나로 모아도 지금의 혼란을 이겨 낼 수 없는데, 어찌 자꾸 반발하는 것이냐?"

서열 팔 위의 하후무치가 분노를 토해 냈다.

"혈황께 협력하는 길이 세가를 부흥시키는 겁니다. 그걸 왜 모르십니까? 강호 진출은 혈마교 모든 군마들의 마음이기도 합니다."

하후무강이 소리를 드높였다.

'혈황께서 차기 가주 자리를 주시겠다고 했다.'

그는 간밤에 찾아온 이한열에게서 차기 가주의 자리를 약속받았다.

혈마교를 차지한 이한열에게 하후세가는 눈엣가시이자 악성 종기였다. 그렇다고 해서 마음대로 멸문을 시킬 수도 없는 노릇이었다. 찜찜한 하후세가를 가만히 내버려 둘 수 없어 이한열이 뒷공작을 펼쳤다.

이한열은 가지고 있는 능력에 비해 야망이 큰 하후무강의 처소에 몰래 방문하여 하후세가의 가주 자리를 놓고 거래를 하였다.

짬짜미를 통해 이한열은 하후무강으로부터 하후세가의 전폭적인 지원을 약속받았다. 하후세가의 주화파와 주전파의 치열한 다툼 뒤에는 이한열의 모략이 있었다.

"아버지께서 놈에게 죽었다. 네놈은 불구대천(不俱戴天)도 없다는 말이냐?"

"강자가 약자를 잡아먹는 건 자연스러운 이치입니다. 강한 혈황에게 패한 아버지도 편하게 눈을 감았을 겁니다."

하후무치와 하무무강의 사이는 이미 좁혀질 수 없을 만큼 멀리 벌어져 있었다. 서로 다른 목표를 향해 걸어갔다.

이한열의 간계가 두 형제를 협력하지 못하게 만들고 있었다. 하후무강과의 거래뿐만 아니라 하후세가 내부의 분열을 적극 조장했다. 분열 공작과 함께 펼치는 이간책이 대성공하면서 하후세가는 주전파와 주화파로 갈리어 티격태격했다.

하후세가의 강대한 힘이 둘로 쪼개져서 서로 으르렁거렸다. 불협화음으로 인해 본래의 힘이 크게 약화되었다.

"이대로 가다가는 모두 죽는다. 정신을 차려라!"

하후무치의 성난 목소리가 공간을 격하고 하후무강의 귀에 쩌렁쩌렁 울려 왔다.

하후무치는 새로운 혈황인 이한열이 분열 공작과 이간책을 펼치고 있다는 사실을 알고 있었다. 하지만 이미 반대편에 선 하후무강을 비롯한 주전파를 되돌릴 마땅한 방법이 없었다.

'하후세가의 힘을 얻으려고 하는 혈황이 나를 죽게 놔둘 리가 없어.'

하후무치의 강력한 경고에 하후무강의 가슴이 섬뜩해지지

않을 수 없었지만 이내 털어 버렸다.

"모두 죽자고 하는 건 바로 가주입니다. 저는 모두 함께 살자고 혈황께 협력을 하자고 하고 있습니다. 부디 어리석은 결정을 거두어 주십시오."

하후무강이 논리 정연하게 말하며 간곡하게 청했다.

하후세가가 아무리 강맹하고 사나워도 결국 혈황에게 대적하면 혈마교에서 살아남을 수 없다. 그리고 반기를 들면 하후세가는 멸문하고 만다.

"절대 율법을 따르고 혈황께 충성하는 길만이 살길입니다."

하후무강이 끝까지 하후무치와 대립했다.

내부 분열로 인해 하후세가의 강대한 세력이 꺾여 버렸다.

음모를 펼친 이한열도 이처럼 먹혀들 거라고는 생각하지 못했을 정도였다.

'힘을 합치지 않고 가주 자리만 욕심을 내다니 천하의 나쁜 놈!'

하후무치가 하후무강을 죽일 듯 노려보았다.

그는 하후무강의 시커먼 속을 훤히 꿰뚫고 있었다.

'형님! 이제 그만 가주 자리에서 내려오시지요. 혈황을 등에 업고 제가 가주에 올라서야겠습니다.'

하후무강이 하후무치의 시선을 회피하지 않았다. 비록 무력에서는 반 초 정도 하후무치에게 부족했지만 그의 뒤에는 혈황이 있었기에 자신만만했다.

'조만간 혈황께서 영약 제공과 함께 무공 지도를 해 주시겠다고 약속하셨다. 그리하면 능히 형을 넘어설 수 있으리라! 그날이 오면 곧바로 가주 직위에 대한 도전을 펼치겠다.'

하무무강이 장밋빛 환상에 물들어 있었다.

사실 하후무강과 하후무치의 차이는 정말로 미세했다. 이한열의 도움만 있다면 능히 하후무강이 하후무치를 넘어설 수 있었다.

야망에 물든 하후무강이 주변을 둘러보지 못했다.

두 갈래로 나뉘어진 하후세가의 사람들이 격론을 펼쳤지만 결국 의견 차이를 좁히지 못했다. 시간이 지나면서 반목이 점점 세졌고, 결국에는 말로 시작된 싸움이 피를 부르는 하후세가 내전으로 발전하였다.

第十一章
공부

휘이익!

하후무치가 비호처럼 질주했다.

가볍고 경쾌한 경공이 아니라 앞으로 나아가는 데 있어 어딘가 부자연스러웠다.

"쿨럭!"

하후무치의 입에서 붉은 핏물이 왈칵 튀어나왔다.

핏물에는 박살이 난 내장 부스러기가 섞여 있었다. 그리고 보니 하후무치의 몸 앞뒤에 혈마교의 악명 높은 병기 천화사와 만자탈명인 등이 잔뜩 꽂혀 있었다. 새파랗게 빛나는 걸로 보아 극독이 발라져 있는 것이 분명했다.

그는 세가 내전으로 인해 지독한 내상을 입었다.

찢어지고 갈라진 피륙의 상처에서 끊임없이 핏물이 새어 나왔다.

잠시 멈춰 서 암기들을 빼내고 지혈할 사이도 없이 도망치기에 급급했다. 뒤쪽에서 쫓아오고 있는 암호랑이 두 마리가 있었기 때문이었다.

"병신 같은 놈!"

소름이 끼칠 정도의 음성을 토해 내는 하후무치의 얼굴이 잔뜩 일그러졌다.

이간책에 넘어간 하후무강이 세가의 주화파들을 이끌고 하후무치를 기습했다. 하후무강의 움직임을 예의 주시하고 있던 하후무치가 친위대와 함께 세가의 주력을 움직여서 즉각 반격했다.

기습에 대한 덫을 놓았기 때문에 초반에는 주전파가 엄청난 이득을 챙겼다. 하후무강이 미친 듯이 날뛰며 선전을 했지만 초반 격돌의 결과가 세가 내전에 막대한 영향력을 미쳤다. 하후무치가 이끄는 주전파의 승리로 내전이 끝나려고 했다.

그러나……

하후무강의 진영에 알려지지 않은 새로운 무인들이 추가되면서 세가 내전이 길게 이어졌다.

하후무강은 새로운 무인들을 숨겨 놓은 전력이라고 이야

기했다. 하지만 항상 전력을 남겨놓지 않고 최강의 힘으로 싸운다는 걸 하후무치는 알고 있었다. 한마디로 새빨간 거짓말만 남발하는 중이었다.

"가주의 자리가 탐이 나서 세가 내전에 외부의 인물을 끌어들여? 미친놈!"

하후무치는 하후무강이 다른 삼대 세가의 무인들을 끌어들였다는 사실을 알았다. 거세게 반발하였지만 장손세가를 비롯한 삼대 세가에는 발뺌하였기에 증명할 방법이 없었다.

혈마교에서는 힘없이 당하는 놈만 억울할 뿐이었다.

평소 강한 힘으로 다른 세가들을 짓눌렀던 하후무치는 미치고 팔짝 뛸 일이었다. 당하는 입장이 되자, 피눈물을 흘렸던 사람들의 복장 터지는 심정을 알게 됐다.

"악랄한 놈들!"

하후무치가 이를 부득부득 갈았다.

외부에서 영입된 무인들은 주전파와 주화파의 전력이 어느 한쪽으로 쏠리지 않도록 절묘하게 유지시켰다.

팽팽한 전력 때문에 하후세가의 무인들은 박 터지게 싸워야 했고, 그 결과 엄청난 피해를 입어야만 했다. 세가의 고수들이 셀 수 없이 죽어 나갔고, 세가의 미래를 책임질 인재와 동량들이 시체가 되어 사라졌다. 무려 칠천 여 명이 죽고, 일만여 명이 다쳤으니 엄청난 혈전이었다.

엄청난 전력 누수로 인해 혈마교 사대 세가들 가운데 정점을 차지하고 있던 하후세가가 장손세가의 밑으로 들어가게 됐다.

형제의 골육상쟁으로 인해 하후세가가 넝마처럼 너덜너덜해졌다.

"개 같은 새끼! 싸우면 중재를 했어야지."

하후무치의 입에서 혈황 이한열에 대한 욕설이 튀어나왔다.

이한열은 하후세가의 내전에 있어 자제하라는 주문을 하였다. 강제성을 띠지 않은 온건한 이야기에 하후세가의 내전은 더욱 깊어졌다. 가족과 전우, 동료의 시체로 산을 쌓고 피로 강을 만들어 버렸다.

"뒤에서 내전을 부추긴 놈이 혈황이다."

이번 일의 배후가 혈황이라는 사실에 그가 몸을 부르르 떨며 분노했다.

수복할 수 없는 피해를 입은 하후세가에 단우령, 구양마혜 두 여인과 함께한 이한열이 모습을 드러냈다.

혈황의 등장과 함께 하후세가의 내전이 멈췄다.

느닷없이 하후무강이 이한열에게 납작 엎드리며 오체투지했다. 죄를 청하는 하후무강에게 이한열은 혈마교의 중요한 전력인 하후세가를 절단 낸 죄를 물어 하후무치를 처단한다고 선포했다.

눈앞에서 벌어진 황당한 사태에 하후무치는 일의 모든 전모를 알아차렸다.

"눈엣가시인 하후세가를 처리하기 위해 혈황이 뒤에서 음흉한 수작을 펼친 것이다."

너무 뒤늦게 전모를 깨달은 하후무치가 뒤도 돌아보지 않고 도망쳤다. 다행스럽게도 무시무시한 혈황이 팔짱을 끼고 방관하고 있었기에 최측근인 친위대를 이끌고 달아날 수 있었다.

그러나 그건 지옥의 시작이었다.

단우령과 구양마혜가 세가의 고수들을 이끌고 천라지망을 펼치고 있었다. 천라지망에 걸린 친위대들이 속절없이 쓰러졌고, 하후무치도 치명적인 상처를 입었다.

충성스러운 친위대들이 모두 죽은 뒤에 남은 건 지독한 내상을 입은 하후무치뿐이었다. 그가 다행스럽게도 지독한 천라지망을 뚫고서 도망칠 수 있었다.

"무서운 년들!"

하후무치가 뒤를 돌아보면서 몸을 부르르 떨었다.

지독한 내상을 입은 건 천라지망 때문이 아니었다. 천라지망을 통과하면서 받은 상처는 심각하지 않았는데, 심장을 노리는 단우령과 목을 베려고 날뛰는 구양마혜에게 받은 내상이 심각했다.

끝까지 그를 수호하고 있던 친위대가 단우령과 구양마혜를 몸으로 막아 냈다. 그 사이에 하후무치가 두 여인을 떨치고 타커라마간(塔克拉瑪干) 사막으로 들어설 수 있었다.

그러나 무서운 집념을 가진 두 여인이 하후무치를 쫓아오고 있을 것이 분명했다. 두 여인의 눈에 발각되는 순간이 바로 하후무치의 최후였다.

"크윽! 이대로 쓰러질 하후세가가 아니다."

그는 이대로 죽을 수 없었다.

지하에 잠든 위대한 하후세가의 조상들이 피눈물을 흘릴 일이었다.

역대로 가장 많은 혈황을 배출할 만큼 혈마교에서 가장 잘나가던 하후세가에는 숨겨진 힘들이 있었다. 혈황이었던 하후연개가 너무 급작스럽게 죽었기 때문에 비밀스러운 전력을 사용하지 못했고, 내전 때에는 하후무치의 판단 실수가 문제였다. 초고수들만으로 이뤄진 하후세가의 비밀스러운 힘을 깨우면 혈마교와도 대격돌을 펼칠 수 있을 정도였다.

하후무치가 열사의 땅 타커라마간 사막으로 도망친 것에는 이유가 있었다.

"이곳에는 숨겨진 태양의 신화가 있다."

태양의 신화에 대한 이야기를 하후연개에게 들은 적이 있었다. 하지만 태양의 신화를 얻기 위해서는 목숨을 걸어야만 했고, 신화를 계승할 가능성은 소가 바늘구멍을 통과하는 것만큼 불가능에 가까웠다.

태양의 신화는 중원의 전설인 축융과 연결되어 있는데, 고금제일마 혈마도 관심과 주의를 기울였을 정도로 강력했다.

평소의 하후무치였다면 태양의 신화가 가지고 있는 힘이 어마어마하다고 해도 결코 도전하지 않았을 것이다. 그러나 만신창이가 되어 버리고 뒤에서 두 마리의 암호랑이가 쫓아오고 있었기에 선택의 여지가 없었다.

"다시 돌아오는 날이 년놈들의 제삿날이다."

휘익!

귀식대법을 펼친 하후무치가 도도하게 흐르는 유사(流砂)를 향해 몸을 던졌다.

스르르! 스르르륵!

어디로 흘러갈지 모르는 유사에 하후무치의 몸이 파묻혔다. 들어가면 다시 나올 수 없는 유사에 묻힌 하후무치의 의식이 점멸되는가 하더니 완전히 사라졌다.

그가 사라지고 난 뒤 반 식경 정도 뒤였다.

휘익!

획!

단우령이 흐르는 유사를 밟고서 표표히 서 있었고, 구양마혜가 허공에 둥둥 떠 있었다.

"여기서 종적이 끊겼다."

"그 놈이 내 추적을 피해 도망쳤다고는 생각하지 않아요."

"중상을 입은 상태에서 우리 추적을 끝까지 피할 수는 없는 노릇이지."

단우령의 고아한 미간이 찌푸려졌다.

악착같이 달라붙는 하후세가의 친위대를 쓸어버린 뒤에 하후무치의 심장을 꿰뚫기 위해 부리나케 달려왔다.

하후무치의 목을 베려고 하는 구양마혜의 양손에는 화룡도와 빙룡검이 들려 있었다. 그렇지만 정작 화룡도와 빙룡검을 맞이할 하후무치의 종적이 묘연했다.

<u>스스스! 스르르르!</u>

대자연의 힘을 담고 있는 <u>유사</u>는 <u>흐르고 흐르면서</u> 모든 걸 집어삼키고 있었다. 하후무치의 피와 냄새까지도 모조리 빨아들였다. 백 리 밖의 냄새까지 맡을 수 있는 그녀들이었지만 대자연의 힘 앞에서는 무력했다.

"설마?"

단우령의 시선이 흐르는 유사로 향했다.

"놈이 유사에 몸을 던졌다고요?"

"그런 것 같아. 태양의 신화라고 들어 본 적 있어?"

구양마혜의 믿을 수 없다는 반응에 단우령이 추측성 발언을 했지만 속으로는 확신하였다. 그렇지 않다면 하후무치를 발견하지 못할 리가 없었기 때문이었다.

"그건 그냥 신화잖아요."

"아니야. 고대 무림에는 틀림없이 태양 신전이 존재했어. 태양 신전이 있는 곳이 바로 타커라마간의 흐르는 유사야."

불의 신으로 받들어졌던 전설 시대 인물인 축융의 힘이 태양 신전에 깃들어 있었고, 태양 신전은 가장 뜨거운 열사의 대지에 존재했다.

그렇지만 어느 누구도 태양 신전을 찾지 못하고 있었다.

그건 태양 신전이 고정된 장소에 있지 않고 유사의 흐름에 따라 끊임없이 움직이고 있기 때문이었다. 모든 걸 삼키는 유사에 의해 보호받고 있는 태양 신전을 찾아간다는 건 불가능에 가까웠다.

"이대로 죽었다면 상관없어. 하지만 후안무치가 태양 신전에서 축융의 힘을 가지고 오면 무척 곤란한 상황이 벌어져."

"아! 빌어먹을 놈이 끝까지 말썽을 피우네."

"심장을 없앤다고 했는데……."

"목을 자른다고 했는데……."

괜히 날뛰는 바람에 일을 복잡하게 만든 그녀들이 유사를 바라보면서 망연자실했다. 만약에 이한열이 직접 손을 썼다면 하후세가에서 깔끔하게 하후무치를 처리할 수 있었다.

"하아!"

"휴우!"

돌아가서 이한열의 얼굴을 어떻게 볼까 걱정인 그녀들이 한숨만 푹푹 쉬었다.

*　　　*　　　*

하후세가의 가주 자리는 이한열에게 복종한 하후무강이 차지했다. 위대한 하후세가가 모략가인 이한열의 손에 떨어졌다.

"천라지망을 뚫고 달아난 하후무치가 유사에 스스로 빠졌다고?"

단우령과 구양마혜가 이한열 앞에서 고개를 푹 숙이고 있었다. 자신만만하게 떠났던 그녀들은 입이 열 개라도 할 말이 없었다.

그녀들 옆에 선 장손산호가 대산 입을 열었다.

"태양의 신화를 찾기 위해 유사에 스스로 빠졌다고 합니다."

"태양의 신화?"

많은 지식을 담고 있는 이한열이지만 태양의 신화라는 부분은 처음 들었다.

"축융은 아시겠지요."

"당연하지."

예기, 좌전, 회남자, 여씨춘추 등을 살피면 축융은 전설 속 고양씨 전욱 후예의 한 갈래로 축송 또는 축화로 기록되어 있다.

불의 신인 축융의 활동 지구는 지금의 하남성 일대였고, 축융의 한 갈래는 훗날 남방에서 초나라를 세웠다는 설도 있다.

전설에 따르면 축융은 화공으로 전신 치우를 물리치기도 했다고 한다. 고대의 신들 가운데에서도 강력한 축에 속한다.

"축융이 말년에 강대한 태양의 힘을 깨닫고, 열사의 사막인 타커라마간에 남겨 뒀다고 합니다."

"전설 시대의 신 축융의 등장이라!"

이한열이 손으로 턱을 쓰다듬었다.

강대한 신 축융이 남긴 태양의 힘이 지독한 복수심을 가지고 있는 하후무치에게 돌아간다면 이한열에게는 큰 장애물이 된다.

슥!

이한열의 시선이 힘없이 축 늘어져 있는 두 여인에게로 향했다. 항상 자신만만해하던 그녀들이 의기소침해하자 기분이

별로였다.

하후무치가 살아서 도주했다는 사실은 문제이기는 했지만 나름 괜찮았다.

"인생사 순탄하기만 해서는 재미없지. 하후무치가 축융의 힘을 가지고 돌아온다면 그것도 재미있는 일이야."

이한열은 신의 힘을 가진 후안무치와 싸우게 될 날이 벌써부터 기대됐다.

전대 혈황과의 싸움도 시시했다.

피 터지는 긴박감이 하나도 없었기에 이한열은 김이 푹 빠졌다. 이왕이면 피가 끓어오르는 전율스러운 싸움을 하고 싶었다. 역경 속에는 반드시 그만큼 혹은 그 이상의 커다란 선물이 있다는 걸 알았다.

"후안무치가 살아서 온다고 해도 쓰러뜨리면 될 일이야. 나를 못 믿어서 그렇게 축 늘어져 있는 건가?"

이한열이 짐짓 서운한 음성으로 말했다.

"아니요."

"힘낼게요."

두 여인의 고개가 발딱 들렸다.

"미안하면 밤에 잘해!"

절륜한 공력을 가지고 있는 이한열은 활력도 강력했다. 이른바 정력이 무진장 높았기에 밤새 두 여인을 실신시키고도 만족을 하지 못했다.

사르르! 사르르!

두 여인의 얼굴이 복숭아꽃처럼 붉게 물들었다.

"오늘밤 재우지 않을 거예요."

"이번에는 언니와 함께 합공을 펼치려고 해요."

단우령이 결의를 다졌고, 구양마혜가 단우령과 합공을 펼칠 각오를 다졌다. 두 여인의 결사적인 마음이 실내를 후끈 달아오르게 만들었다.

"여기 노인네가 있다는 걸 잊지 말아 줬으면 합니다."

연정이 불타오르는 실내에서 장손산호는 불편함을 강하게 느꼈다. 무공에만 미쳐 오랜 세월을 보내 왔기에 옆구리가 무척이나 시려 왔다.

"노인네는 빠져!"

"약자가 어디서 이름을 내미는 거야!"

두 여인의 앙칼진 외침이 터졌다.

늙은 것도 서러운 법인데 장손산호가 약하다고 구박을 당했다.

"흐윽! 무기야!"

가문 어른으로서의 체면을 살려 달라는 의미에서 장손산호가 이한열을 찾았다.

휙!

이한열이 고개를 돌리면서 장손산호를 외면했다.

특별히 이쁜 구석이 없는 장손사호를 두둔할 필요성을 느끼지 못했다. 아름다운 구양마혜와 단우령을 챙기기에도 부족하였다.

"크윽!"

장손산호의 서글픈 신음이 실내에 울렸지만 어느 누구도 신경을 쓰지 않았다.

*   *   *

혈마교에 새로운 혈황이 즉위했다는 소식이 만리장성을 넘어 중원 무림에 퍼져 나갔다.

새로운 혈황이 고금오마의 힘을 이은 대적자들을 연달아 격파하고, 전대 혈황을 압도적으로 이겼다는 이야기를 들은 중원 무림이 잔뜩 긴장하였다. 오랜 기간 준동하지 않고 있던 혈마교의 중원 침략이 임박했다는 정보에 중원 무림이 발칵 뒤집혔다.

정총에서는 혈마교의 중원 침략에 맞설 대책 회의가 연일 열렸고, 사마외도들도 대책 방법을 논의하였다. 피에 미친 혈마교에게 있어 정사마는 구분할 필요 없이 모두 적이었다.

그렇지 않아도 사마외도들의 준동으로 시끄러운 중원 무

림이 혈마교의 중원 침략까지 임박하자 더욱 혼란스러워졌
다.

바야흐로 혼돈의 시기가 도래했다.

그런데 임박했다던 혈마교의 중원 침략은 시간이 가도 이
뤄지지 않았다. 이제나저제나 하고 잔뜩 긴장해 있던 중원 무
림의 강호인들이 점차로 유언비어에 속았다고 생각하였다.

혈마교를 손에 넣은 이한열은 중원 무림을 향한 행보를 시
작하기 전에 철저한 계획 수립을 아랫사람들에게 요구했다.
싸우기 전에 승패가 결정된다고 믿었기에 중원 무림 공략 전
에 탄탄하게 기초 준비를 쌓으려고 하였다.

＊　　　＊　　　＊

혈마교를 장악한 이한열은 새롭게 익혀야 할 공부들을 잔
뜩 발견하였다. 마혈목에서 얻은 전대 혈황들의 깨달음에서
배울 바가 많았고, 사대 세가의 가주들만이 익힐 수 있는 비
전 절예들에도 놀라운 비기들이 적지 않았다.

혈마교는 십천성들의 절기들을 보유하고 있었고, 위대한
고금제일마 혈마의 무공 비급도 가지고 있었다.

"하후연개가 마혈목의 비기들을 십분의 일만 온전히 익혔
어도 재미있는 싸움이 되었을 텐데……."

이한열이 아쉬움을 토해 냈다.

전대 혈황인 하후연개는 혈마교의 힘을 제대로 얻지 못했다. 수박 겉핥기식으로 약간의 힘만 얻었을 뿐이었다.

혈마교가 가지고 있는 저력은 상상을 초월했다.

혈마교에 전해져 내려오는 무수히 많은 무공 비급들은 하나같이 뛰어났고, 그런 무공을 익힌 군마들은 강력할 수밖에 없었다.

혈마교의 무공 비급이 밖으로 한 권만이라도 나가게 되면 신공 절학에 눈이 뒤집힌 강호인들은 난리가 날 게 분명했다.

"우선은 고금제일마 혈마의 무공을 배워 깨닫는 데에 주력하자. 그리고 시간을 내어 십천성의 무공과 사대 가문의 비전 무예들을 익히자."

기연을 얻어 배교 교주가 된 이한열은 혈마의 무공을 만나면 무조건 싸워야 하는 업, 저주를 얻었다.

"혈마의 무공을 익히는 것이 아니라 공부다. 공부를 해야 혈마를 넘어설 수 있는 법!"

이한열이 전대 교주가 남긴 저주를 우회적으로 넘어섰다. 이런 방법을 선택할 수 있게 된 데에는 엄청난 성장과 강력한 무위 등이 뒷받침되어 있었다.

궤변이라고 할 수 있는 이한열의 생각을 업이자 저주라고 할 수 있는 배교의 주술이 정당하다고 받아들였다.

신성을 얻은 교주 이한열은 저주를 회피할 수 있는 우회적인 방법을 통해 새롭게 길을 만들어 나갔고, 길 위에서 얻는 공부로 더욱 강해져 갔다.

너무나도 방대한 지식의 양에 행복한 이한열은 순서를 나눴다.

가장 먼저 선택한 건 고금제일마 혈마의 무공이다.

변화가 부족하다는 단점이 있지만 파멸의 힘이 담겨져 있는 천사멸장은 파괴력에 있어서 무쌍의 위력을 지닌 장법이다.

혈마가 남긴 현현선검은 마공이 아닌 정도의 검이라고 느껴질 정도로 선기가 흐르는 검법이다. 정심한 기운이 넘치는 현현선검은 영선지검을 뽑아낼 수 있는 상승검법이다.

혈마의 초절기는 이한열에게 큰 감흥을 주었다.

지하의 연공관에서 폐관 수련을 하면서 정기신을 집중하여 혈마의 무공을 배워 나갔다. 이내 천사멸장과 현현선검의 구현법을 알게 되었다.

"부족하다. 파멸의 힘을 장법에 담는 걸 알지 못하면 천사멸장을 제대로 안다고 볼 수 없다. 영선지검을 만들어 내지 못하는 현현선검도 마찬가지이다."

신성을 얻고 난 뒤 보는 것만으로도 무공을 따라할 수 있는 이한열이었다. 그러나 심혈을 기울여서 무공을 공부하고 있음에도 불구하고 혈마의 무공을 완벽하게 파악하지 못했다.

"고금제일마 혈마는 정말로 위대하구나!"

이한열이 혈마의 위대함을 인정했다.

천사멸장과 현현선검을 공부하면서 고금제일마 혈마에 대해서 어렴풋이나마 느낄 수 있게 됐다. 그동안은 전혀 감이 잡히지 않았는데, 이제는 높게나마 바라볼 수 있었다.

혈마가 이한열의 시야 내에 들어왔다는 의미였다.

강호 무림에서 혈마를 자신의 시야 안에 둘 수 있는 초강자는 손가락에 꼽아야 할 지경이다. 그런 초강자 가운데 한 명으로 이한열이 올라섰다.

"나는 여전히 배가 고프다."

혈마를 인정하기는 했지만 이한열은 아직도 만족해하지 못했다. 지독히 탐욕스러웠고 또 한 명의 사나이였기에 머리 위에 누구를 두고 싶어 하지도 않았다.

"가시권에 들어왔으니 바삐 따라가다 보면 언젠가 넘어설 수도 있겠지."

이한열이 광대한 포부를 드러냈다.

천 리 길도 한 걸음부터였다.

걷다 보면 아무리 먼 곳이라도 도착하기 마련이었다.

꾸준하게 성장하다 보면 혈마와 어깨를 나란히 하는 시간이 올 수도 있고, 또 넘어서는 것도 가능해진다.

"강호일통까지 해야 하는 판에 혈마를 넘어서지 못할 이유가 없지."

황실에서 머리를 숙이면서 배알이 꼴렸던 적도 있는 이한열이 강호 무림에서는 최고의 위치에 올라서고 싶어 했다.

그러나 이한열이 모르고 있는 점이 있었다.

천사멸장과 현현선검은 혈마가 무려 칠백 년 전에 만든 무공들이었다. 칠백 년 동안 엄청난 성장을 거듭한 혈마는 인간이 나아가지 못한 미지의 영역을 계속해서 개척해 나가고 있었다.

인간의 한계를 뛰어넘어 신계에 올라설 수 있지만 스스로 인간계에 남아서 난장판을 벌이고 있는 혈마였다. 혈마가 따분한 신계보다 시산혈해를 만들 수 있는 인간계를 사랑했다.

혈마는 어디로 튈지 모르는 인간계의 재앙 덩어리였다.

스륵!

이한열이 두 눈을 반개하고 재차 혈마의 무공들에 대한 명상과 참수를 이어 나갔다. 머릿속에 떠오르는 장법과 검법의 구결들이 떠올랐다 사라지기를 반복하였다.

우우웅! 우우우웅!

파멸력과 현현함이 깃든 내력이 이한열의 심맥을 타고 도도하게 흘렀다. 모든 걸 파괴시킬 듯 폭발적으로 움직이는 진기와 부드럽고 현현한 기운이 함께 움직이면서 상생과 상충을 거듭했다.

두 가지 성질의 기운이 신성과 함께 이한열의 육체에서 꿈틀거렸다. 단전에서 일어난 기운들이 머리에서 발끝까지 마구 치달렸다.

콰콰콰콰! 콰콰콰콰!

휘이이잉! 휘이이이!

고오오오오오오오!

거친 파도처럼 휘몰아치는 파멸력이 이한열의 몸을 망가뜨렸다. 봄바람처럼 부드러운 현현함이 이한열의 몸을 부드럽게 감싸면서 보호하였다. 신성의 기운이 끝도 없이 증폭하면서 파멸력과 현현함을 흡수하려고 했다.

주르륵! 주르륵!

한서불침에 이르고 난 뒤 땀을 흘리지 않게 됐는데, 지금 순간 이한열의 이마에서 식은땀이 흘렀다. 신성의 통제에서 벗어난 파멸력과 현현력으로 인해 주화입마의 징조에 들어서면서 발생한 현상이었다.

혈마의 두 무공이 이한열이 이룩한 모든 걸 망가뜨리려 했다. 망가뜨리는 데 있어 최고인 고금제일마 혈마의 재앙이 이한열에게로 흘러 들어왔다.

"크으윽!!"

이한열이 땀을 뻘뻘 흘리며 최선을 다해 진기들을 다스리려고 노력했다.

픽! 픽!

관자놀이의 핏줄이 터지면서 핏물이 흘러나왔다.

반개하고 있는 두 눈동자의 실핏줄들까지 터져 버렸다.

지독한 통증으로 인해 명상과 참수가 멈출 수도 있었지만 이한열이 억지로 밀어붙였다. 지금 멈췄다가는 오히려 죽도 밥도 되지 않는다는 걸 인지하고 있었기 때문이었다.

'해낼 수 있다고 나를 믿는다.'

이한열은 자신의 능력과 재능을 전적으로 신뢰했다.

자신에 대해 잘 아는 사람이 성공하는 법이다.

자신도 모르는데 다른 걸 어떻게 알겠는가!

스스로를 믿는 이한열은 몸 안에서 벌어지고 있는 움직임을 수치화해서 머릿속에 입력해 놓았다. 세 가지의 기운들의 움직임을 세밀하게 파악하였다.

눈에 그릴 것처럼 선명하게 세 가닥의 기운들에 대해 알아가자, 이한열은 샘솟는 자신감을 느꼈다.

'신성이여! 파멸력과 현현력을 포용하라!'

차분하게 스스로를 가라앉히고 있는 이한열이 마음속으로 강하게 주문했다. 찬물을 뒤집어쓴 것처럼 명현한 정신력을 발휘하였다.

스르릭! 스르릭!

파멸력, 현현력과 투닥거리고 있던 신성력에 포용의 자비로움이 깃들었다. 파멸력과 현현력이 벗어나려고 발버둥을 쳤지만 부딪치지 않고 한없이 포용하는 신성에서 벗어나지 못했다. 파멸력과 현현력이 신성력에 융화되어 갔다.

고오오오! 고오오오오오!

맑고 부드러운 가운데 파멸의 기운을 가진 신성력이 태동하였다.

빠직! 빠지직!

지금까지 무색이었던 신성의 광채에 은은한 붉은빛이 어려 있었다. 공포스러운 파멸이 깃들었다는 증거였다.

적들에게 파멸을 내릴 수 있는 파멸력과 깊고 깊은 현현력을 이한열이 손에 넣었다. 파멸력과 현현력을 얻어 더욱 높은 경지로 올라섰다.

폐관 수련을 통해 새로운 경지를 밟은 이한열의 눈빛이 더욱 깊어졌고, 핏줄이 터졌던 관자놀이는 더욱 매끈해졌다.

새롭게 얻은 두 가지 힘과 공부가 이한열에게 큰 울림으로 다가왔다.

'큰 가치가 있는 가르침이었다.'

혈마가 남긴 두 가지 무공을 통해 이한열은 자신의 현실적인 위치를 체험하였다. 스스로의 몸으로 직접 경험해 보고 혈

마의 무공들이 얼마나 고귀한 가치인지 확실히 느낄 수 있었
다.

　혈마의 무공을 접한 이한열이 더욱 빠르게 앞으로 치고 나
갈 원동력을 얻었다. 너무나 빠르고 강력해서 앞에 위치한 장
애물과 벽들을 뻥뻥 뚫어 나갔다.

　한번 몰입하면 미치고야 마는 이한열의 습성이 무섭게 번
뜩거렸다. 배움에 미친 이한열의 정신은 엄청나게 강력했다.

　이한열이 혈마에게 조금씩 가깝게 다가서고 있었다.

　실시간으로.

第十二章
결혼

팔락! 팔락!

종잇장 넘어가는 소리가 울렸다.

이한열이 혈황의 집무실에서 고개를 숙인 채 두툼한 책을 읽고 있었다.

"쯧쯧쯧! 선천검이라는 놈이 뒤로 호박씨를 까고 있군."

선천검 화태진은 화산파의 장로로 정도 명숙이다.

화산파 출신이지만 정총에서 주로 활동하고 있는 적극적인 자세의 검사이다. 애처가로 소문이 난 화태진은 딱 한 명의 정실부인만을 두고 있는데, 정총으로 오면서 화산파에 부인을 두고 왔다.

그런데 화태진이 은밀히 새파랗게 어린 이십 대의 여인과 비밀리에 연정을 나누고 있었다.

"차라리 나처럼 대놓고 풍류를 즐기면 누가 뭐라 한다고……."

중원에서 일부일처는 오히려 손가락질을 받는다.

빚을 져서라도 많은 처첩을 거느리는 것이 남자의 사회적 체면과 신분을 보여 주는 단면이기도 하다.

"하기는 그럴 만도 하지. 장문인의 딸과 결혼했으니 눈치를 봐야 할 수밖에."

화태진은 이른바 줄을 잘 잡은 무인이었다.

출중한 능력을 가지고 있었지만 일찌감치 장문인 후보였던 매화신검 조준신의 딸 조희를 품에 안은 게 주효했다. 조준신은 야합을 한 딸 때문에 화태진을 지원해 주는 형국이 되어 버렸다.

그로 인해 화산파 장로로 올라설 수 있었다.

알려지기로 조희는 박색에다가 성격도 무척이나 나쁘다고 알려져 있다.

"사실 선천검은 애처가가 아닌 공처가이지."

화산파에서 머물 경우, 화태진은 매화신검 때문에 조희의 눈치를 봐야만 하는 실정이었다. 그렇기 때문에 자처해서 다른 장로들이 기피하는 정총에 나와 적극적으로 활동하고 있었다.

"타구삼절이란 거지도 골 때리는 놈이네. 법개라는 놈이 뒤로 돈을 받아먹어서 축재를 해? 하! 말세다. 말세야!"

이한열이 한탄했다.

개방의 육결인 법개는 전체 방중에서 의결을 달고 있는 제자들이 선거를 하여 선출한다.

법개가 될 수 있는 조건은 엄격했다.

첫째, 법개는 필히 방규를 모두 알아야 하고 방내의 사정에 훤해야 한다.

둘째, 법개는 필히 두뇌가 총명해야 하고 사리판단을 분명히 해야 한다.

셋째, 법개는 필히 이기심을 버려야 하고 강직한 마음이 있어야 한다.

넷째, 법개는 비록 추한 거지 모습일지라도 자비로운 마음을 지녀야 한다.

법개는 칠결인 장로 밑의 육결이지만 실상 숫자는 더욱 적다. 엄격한 조건 때문에 장로가 되는 것보다 훨씬 어렵기 때문이다.

타구삼절 윤여봉은 법개 가운데에서도 명성이 드높은 정도명숙이다. 돈 한 푼 없이 세상을 자유롭게 살아간다고 알려졌는데 실상은 은밀하게 뒤로 재산을 쌓고 있었다.

타구삼절 역시 개방에서 나와 정총에서 활동하고 있었다.

이한열이 읽고 있는 서적은 혈마교에서 중원 무림 진출을 대비하여 준비한 정보 서적이었다. 특히 정도 명숙들 가운데 비리가 있는 사람들의 정보가 주를 이뤘다.

"정총은 썩었어. 이러니까 사마외도가 준동해도 제대로 대처를 하지 못하고 흔들리는 거야."

이한열이 안타까워했다.

사실 똥 묻은 개가 겨 묻을 개를 나무라는 꼴이었다.

겨우 여자 한 명 만나는 선천검과 달리 이한열은 많은 여자를 만나고 있었다. 뒤로 받는 돈으로 맛있는 음식을 먹고 주루의 좋은 방에서 자는 타구삼절에 비해 성을 살 수 있을 정도로 뇌물을 받아 챙긴 이한열이다.

떳떳하지 못한 정도 명숙들과 달리 이한열은 고개를 빳빳이 들 수 있었다.

정도 명숙들이 은밀하게 비리를 저지르는 것과는 차원이 달랐다. 상관인 주수선에게 허락을 받은 뒤 주제와 분수에 맞을 정도로 나쁜짓을 하는 중이었다.

근래 들어 무위 상승과 함께 주제와 분수가 무척이나 커졌기에 들어오는 돈과 찾아오는 여자들이 많아졌을 뿐이었다.

"차기작에는 정총의 비리들을 섞어서 재미있게 이야기해야 겠어. 화산파 장로가 묘령의 여인과 나누는 아름다운 사랑이야기와 개방의 법개가 돈을 사랑하는 이야기, 참으로 예술적이야. 화산파 장로의 경우 천도훈의 삽화가 외설적으로 보일 수도 있겠네."

소요서생 차기작에 정총의 비리들이 들어가는 게 확정됐다. 보고 읽는 독자들의 눈에는 아름답게 보일 수도 있겠지만 정작 당사자들에게는 엄청난 후폭풍이 생겨날 일이었다.

"실명을 거론하는 건 무리겠지? 가명을 쓰자."

이한열은 당사자들의 인권을 최소한이나마 보호해 줄 작정이었다.

그러나…….

"화산파와 개방은 그대로 사용하고, 정총만 총정으로 바꾸자. 그러면 해 줄 수 있는 건 다 해 주는 셈이지."

이한열의 말과 달리 정총에 대해서 어느 정도 아는 사람들이라면 선천검과 타구삼절의 비리에 대해서 금방 눈치챌 수 있었다.

한마디로 수많은 독자들에게 그들의 비리를 까발리는 것이었다. 정도 명숙들에게는 사망 선고나 다름없었다.

그런 사실을 이한열은 잘 알고 있었다.

"죄를 지었으면 벌을 받아야지. 크크크크!"

음산한 웃음소리가 실내에 울려 퍼졌다.

생면부지의 정도 명숙들을 끌어내리려고 하는 데에는 다

이유가 있었다.

정총은 엄청나다고 말할 정도로는 부족한 가공할 힘을 보유하고 있는 단체였다. 비록 약간의 오점이 있기는 하지만 중원 전체에서 사마외도들을 찍어 누르면서 정의를 구현해 왔다.

정총은 분명히 백도 무림의 힘이 결집된 초거대 집단이었다.

그러나 정총의 가공할 힘이 강호일통을 명받은 이한열에게는 눈엣가시였다.

정면으로 부딪쳐서는 계란으로 바위 치기였기에 뒷공작을 벌이면서 정총의 힘을 깎아내렸다. 그리고 그런 작업은 계속해서 진행 중이었다.

"혈마교처럼 날름 집어삼킬 수 있다면 금상첨화인데 말이야."

이한열이 정총의 총사에 올라서기를 꿈꿨다.

그러나 그건 거의 불가능에 가까웠다.

힘만 있으면 최고의 위치에 올라설 수 있는 사마외도와 달리 정도는 배분과 명성에 대해서 무척이나 민감했다. 총사의 위치에 오를 수 있는 배분을 지니고 명성까지 겸비한 높은 분들이 줄을 서서 대기하고 있었다.

인재들이 많아서 고민인 정총은 인사 적채가 이뤄지고 있었다. 자리는 적은데 사람들이 많다 보니 일어나는 참변이었다.

애당초 정총의 높은 자리로 간다는 건 소가 바늘구멍을 통과하는 것 정도로 어렵기에 이한열이 사마외도 진영을 선택했다. 처음에는 취향 때문에 사마외도의 주인공들을 내세웠지만 강호에 나오고 난 뒤에는 일부러 작품에 의도적인 음모와 모략을 녹여냈다.

백도를 깎아내리고 사마외도의 격을 높이는 건 모두 이한열의 비열한 술책이다.

"딱히 틀린 건 아니야. 약간의 양념만 첨가했을 뿐이라고."

이한열은 하늘을 우러러 한 점 부끄러움이 없었다.

원래부터 철면피이기도 했지만 정총에는 수많은 비리가 있었고, 사마외도들 가운데에도 소수이지만 영웅들이 존재했다.

소요서생은 정총의 비리와 사마외도들의 영웅 행적을 아주 조금 과대 포장하였을 뿐이었다.

"원래 소설은 재미있어야 읽는 법이라고."

현실을 반영한다고 하지만 소설은 소설일 뿐이다.

누가 그러지 않았던가!

소설은 소설일 뿐이니 오해하지 말라고!

이한열, 아니 소요서생이 딱 그런 심정이었다.

"그리고 남자라면 비밀리에 하지 말고 떳떳하게 용기를 내라고!"

이한열은 선천검과 타구삼절의 비리를 보면서 너무 가슴 아파했다. 정말로 숨길 걸 숨기는 건 이해했지만 여자와 뇌물 받는 건 굳이 남들이 모르게 숨길 필요가 없다고 생각하였다.

많은 여자들을 만난다는 건 그만큼 부귀영화를 가지고 있다는 반증이었고, 윗사람에 대한 접대와 상납은 중원에 만연해 있는 인사치례였다.

진정한 용기란 두려움을 모르는 상태가 아니라 극복했을 때 얻는 법이다. 두려움은 앞으로 나아가는 데 있어 자영분이 되기 때문에 격하게 반겨야 할 요소다.

이한열은 다른 사람들과 다르게 생각하면서 앞으로 쭉쭉 치고 나간다.

그렇기에 찢어지게 가난한 서생에서 벗어나 고관대작이 되었고, 강호 무림의 절대적인 실력자가 되었다.

이한열은 성공했다.

"잠시간의 실패는 있어도 이를 악물고 달려들면 다시 성공할 수 있다. 나를 너무 원망하지 말라고. 오히려 전화위복이 될 수도 있으니까."

이한열의 뇌리에 몰락의 길을 걸어갈 선천검과 타구삼절의 모습이 생생하게 그려졌다. 두 사람은 틀림없이 비리를 폭로한 소요서생을 욕할 것이 분명했다.

한 번 성공을 맛본 사람은 다시 성공하기 위해 부단히 노력한다.

선천검과 타구삼절은 성공한 사람들이다.

그들은 성공의 열매가 얼마나 달콤한지 알고 있다.

특히 이한열은 서생 시절 애인에게 버림받은 비참한 경험을 했다. 첫 번째 성공이라고 할 수 있는 과거에 급제하여 진사가 되자, 잃었던 애인이 제 발로 찾아왔다.

이한열은 그날의 전율스러운 쾌감을 잊지 못하고 있다. 어마어마한 성공이 아닌 사소하고 자잘한 부분에서 더욱 큰 쾌락을 느낀다. 대범하지 않고 옹졸한 성격 탓에 뒤끝을 작렬시키고는 한다. 그럴 때마다 높은 위치에 서 있다는 걸 너무나도 즐겨 왔다.

이한열에게 성공이란 특별한 것이 아니라 주변에서 즐거움을 만끽하는 것이었다.

선천검과 타구삼절은 나름 꼼수를 부려 가면서 자신의 인생을 즐긴 것이다. 그러나 주변 환경과 정도 명숙이란 굴레에 걸려서 곤욕을 치러야만 하게 됐다!

"다시 올라오라고! 기다리고 있을 테니까."

생면부지의 사람들을 나락으로 떨어뜨리려고 하는 이한열

이 너무나도 무책임하였다. 그러나 차기작에 정총의 비리를 섞어 넣으려고 하는 이상 더 해 줄 수 있는 건 없었다. 더 이상 두 사람에 대한 연민은 눈곱만치도 느끼지 않았다.

앞만 보고 걸어가도 시간이 부족한 게 인생살이였다.

그는 지금 이 순간에도 일상의 재미를 크게 누리고 있기 때문에 노력을 멈추지 않는다.

재미없는 성공은 없다.

뒤를 돌아보지 않고 깊고 멀리 흘러가는 강물처럼 유유하게 끝없이 나아간다.

열심히 땀을 흘렸고, 결과는 좋았다.

이한열은 인생을 치열하게 싸우면서 살았다.

싸움에 능숙한 전사로, 싸움의 법칙을 몸과 마음으로 깊숙하게 이해했다.

싸움의 법칙을 아는 사람은 이길 확률이 높다.

하후세가를 수중에 넣은 뒤로도 이한열은 우선 혈마교 전체를 자신의 것으로 만들려고 노력했다. 내부 분열은 외부의 적보다 더욱 치명적이다.

그렇기에 제 살 깎아먹기를 감수하면서까지 하후세가를 처리해 버렸다. 하후세가의 군마들은 큰 힘이 되겠지만 아군이 될 수 없기에 비정하게 잘라 버렸다.

우선 혈마교가 강자지존의 절대 율법을 따르고 있기에 무공 수련에 힘을 쏟았다. 마혈목에서 지식과 지혜를 빠른 속도로 습득하면서 지금도 실시간으로 강해지고 있었다.

일신우일신!

오늘과 내일이 다른 이한열이다.

"중원 무림과의 전쟁에서 이기기 위해서는 속도와 정보에서 앞질러야 한다."

이한열은 정보 수집에 노력을 쏟았다.

봉문에 가까운 시간을 보내던 장손세가가 문호를 개방했고, 세가의 인원들이 중원 도처로 퍼져 나갔다. 마기와 사기를 풍기지 않는 혈마교의 군마들도 은밀하게 중원으로 잠입했다.

이한열의 지시로 혈마교는 정보 수집에 있어 인재와 자금을 아낌없이 투입했다.

"싸움은 싸우기 전에 구 할 이상이 결정된다."

머릿속에 든 게 많은 이한열은 역사를 통해 격돌 전에 싸움의 승패가 난다는 사실을 인지하고 있었다.

혈마교에 정보 단체가 없는 건 아니었다.

혈안각!

혈마교의 눈과 귀가 되고 있는 정보 단체이지만 무력을 지니고 있는 전투 단체들에 밀려 유명무실화되어 있다.

이한열이 혈황으로 등극하면서 혈안각을 혈안만전으로 개

편했다. 각에서 전으로 격을 올림과 동시에 구양마혜를 전주로 올렸다.

이한열의 전폭적인 지원 하에 혈안만전이 혈마교 단체 서열 제 이 위로 급부상했다. 엄청난 서열 상승이었다.

혈마교에서 개인 서열과 달리 단체 서열은 상당히 허무한 면이 있었다. 혈황이 힘을 실어 주는 단체가 서열을 급상승시킬 수 있었기 때문이다.

이한열의 명령에 의해 이뤄진 개각으로 혈마교의 무력 단체들이 정보 단체인 혈안만전 밑에 서는 초유의 사태가 벌어졌다.

*　　　*　　　*

사박! 사박!

사르르! 사르르르!

가벼운 발걸음 소리와 함께 비단 자락이 바닥에 스치는 소리가 울렸다. 혈황의 집무실에 아무런 기별 없이 들어올 수 있는 사람은 단 두 명뿐이었다.

구양마혜와 단우령이다.

"마혜!"

의자에서 일어난 이한열이 구양마혜를 반겼다.

지문이 모두 다른 것처럼 발자국에는 저마다 독특한 울림이 있고, 이한열은 구양마혜의 발걸음 소리를 기억하고 있다. 앙증맞은 크기의 발로 걷는 그녀의 발걸음 소리는 가볍고 경쾌한 가운데 상쾌했다.

"......"

구양마혜가 이한열을 바라보며 말을 잇지 못했다.

피를 보는 데 있어 주저함이 없는 그녀는 이런 날이 올 거라고 상상해 본 적이 없었다. 준비되지 않은 무방비 상태에서 사랑하는 남자를 마음속 깊숙하게 받아들이게 됐다.

사랑에 눈을 뜬 그녀는 이한열에게 어떻게 해야 할지를 몰랐다.

"혈안만전주가 혈황을 뵈어요."

그녀가 퍼뜩 정신을 차리면서 이한열에게 예를 차렸다.

왠지 모르게 그녀의 감정이 불안해 보였다.

몸과 마음을 섞고 있는 연인의 불안함을 이한열이 바로 알아차렸다. 순결을 빼앗았기 때문에 구양마혜에게 지극정성이었다. 단우령도 좋아하고 있었지만 아무래도 순수한 처녀였던 구양마혜를 더욱 마음에 뒀다.

이한열은 성격 자체가 나쁜 이기적인 남자였다.

자신은 놀 거 다 놀고 있는 주제에 여자에게는 순결을 강요했다.

"무슨 걱정이라도 있어?"

나쁜 남자가 여인의 마음을 달래려고 물었다.

"아니에요."

사랑하는 혈황을 보게 되자, 구양마혜의 안색이 차분해졌다.

"걱정거리가 있어 보여."

"그것이……."

그녀가 말끝을 흐렸다.

사실 말을 제대로 할 수가 없었다.

혈마교의 남자들은 강압적으로 윽박지를 뿐 이한열처럼 부드럽지 않다. 여자들을 그저 성욕 해소의 창구로 이용했다.

그러나 이한열은 달랐다.

중원에서 자란 풍류남아였기에 여자들에게 달콤하게 다가섰다. 여자들의 마음을 얻어야 더욱 큰 즐거움을 누릴 수 있다는 걸 알고 있기 때문이었다. 그리고 그래야 남과 여 모두가 쾌락을 만끽할 수 있었다.

풍류남아를 만난 그녀가 사랑앓이를 하고 있었다.

고금오마에 필적하는 무력은 무의미한 상태였고, 철혈의 마음은 무너진 채 이한열에게 한없이 기대려고 하였다.

"좋아해! 그러니까 편하게 말해 줘."

이한열은 구양마혜를 몸과 마음을 다해 좋아했다.

전적으로 믿고 좋아하기에 중요하게 생각하고 있는 혈안 만전의 전주 자리에 구양마혜를 올려놓을 수 있었다. 부재 시에 구양마혜가 혈마교를 이끌 수 있도록 사전 작업을 했다.

"조만간 떠나시려고 하는 것이지요?"

그녀는 이한열이 권력을 넘겨주는 데에 이유가 있다는 사실을 알아차렸다. 그리고 그런 사실을 떠나 여자로서의 직감이 발동했다.

꾹!

이한열이 입술을 살짝 깨물었다.

'어떻게 해야 충격을 받지 않을까?'

불안해하고 있는 구양마혜의 마음을 안정시켜 줄 필요를 느꼈다. 함께 흔들리는 모습을 보여 줬다가는 구양마혜가 큰 두려움을 가지게 된다.

이럴 때 남자는 당당함과 자상함을 동시에 보여 줘야만 한다.

"마혜를 믿기에 중원으로 떠날 수가 있어."

이한열이 신뢰의 눈빛을 마구 보내면서 이야기했다.

수많은 여자들을 섭렵하면서 자주 꺼냈던 말에는 진심이 담겨져 있었다. 그 순간이 짧은 편이었지만 만났던 여자들을 항상 진심으로 대했다.

"……"

"나는 중원에서 해야 할 일이 있어."

"무언가요?"

"강호일통!"

"그렇군요."

혈안만전주에 올라선 구양마혜는 혈마교와 중원 무림 그리고 새외 무림의 정보 등을 살폈다. 똑똑하고 능력 있는 정보 분석가들의 보고서들을 통해 정국을 바라볼 수 있게 됐다.

"저는 함께 떠날 수가 없겠지요?"

그녀의 음성에는 쓸쓸함이 잔뜩 깃들어 있었다.

사랑을 알아 버린 여인은 연인의 부재를 견디기 힘들어했다. 긴긴밤을 어떻게 버틸지 벌써부터 걱정이 태산이었다.

능력이 있기 때문에 구양마혜는 이한열을 따라서 함께 떠날 수가 없었다. 혈황의 부재를 이인자가 되어서 책임져야만 했다.

"함께하기 위해서 떠나는 거야."

"……정말요?"

되묻는 그녀의 길고 짙은 속눈썹이 파르르 떨렸다.

"중원 무림에서 재회하자. 준비가 됐다고 생각하면 연락할게, 그때 중원 무림으로 혈마교를 이끌고 침략해."

화악!

그녀의 표정이 눈에 띄게 밝아졌다.

"그러니까 열심히 준비하면 재회의 시간이 빨라진다는 이야기죠."

연약한 모습을 보이고 있던 그녀가 철혈의 여전사로 다시금 변모하고 있었다. 눈앞을 가로막는 모든 걸 쓸어버리겠다는 강렬한 투기를 내뿜었다.

"이리로 와!"

이한열이 투사이자 여전사인 구양마혜를 품에 안았다.

와락!

그녀가 한 마리 나비가 되어 이한열의 품에 안겼다.

두근! 두근!

탄탄한 가슴에 고개를 묻고 있는 그녀의 심장 소리가 요란해졌다. 말을 하지 못하고 그저 남자의 체취를 깊이 마셨다.

"내가 좋아하는 여체로 변신해."

소녀의 모습도 예쁘고 귀엽기는 하지만 이한열의 취향은 성숙한 여인이었다.

파앗!

구양마혜가 순식간에 소녀에서 성숙한 몸을 가진 여인이 되었다. 작게 솟은 가슴이 터질 듯이 부풀어 올랐고, 일자였던 몸의 선에 굴곡이 마구 생겨났다.

"정말로 아름다워. 어쩜 이렇게 아름다운지 모르겠어."

이한열의 목소리가 한층 부드러워져 있었다.

스윽!

구양마혜가 이한열의 허리에 팔을 둘렀다.

뭉클!

그녀가 놓아주기 싫다는 듯 꼭 끌어안았기 때문에 자연스럽게 풍만한 가슴이 탄탄한 상체에 마구 짓눌려졌다.

꽈악!

이한열이 풍만한 가슴이 터질 정도로 꼭 안아 줬다. 동시에 고개를 숙이며 탐스러운 귓가에 입을 가져다 댔다.

"오늘밤, 너를 재우지 않을 거야."

귓불을 잘근잘근 씹으면서 달콤한 음성을 내뱉었다.

사르르! 사르르!

성감대인 귓불을 자극받는 구양마혜의 얼굴이 도홧빛으로 물들었다.

"저도 마찬가지예요."

뜨거운 밤을 예약한 남녀였다.

그런 남녀를 바라보고 있는 한 여인이 있었다.

단우령이다.

"쳇!"

그녀가 찰싹 달라붙어 떨어지지 않는 둘을 보면서 안타까운 기색을 여실히 드러냈다. 툴툴거리면서 눈을 가자미처럼 치켜떴다.

"어떻게 끼어들 틈이 없네."

이한열과 구양마혜의 사이가 가까워지는 걸 보면서 그녀는 마음고생을 하고 있었다. 젊은 남녀의 사랑 사이에서 소외감을 느꼈다. 심상치 않은 분위기의 두 남녀 사이에 끼어들지 못했다.

구양마혜와 단우령은 서로 잘 아는 사이다.

여인으로서 혈마교에서 높은 권좌를 차지하고 살아간다는 건 쉽지 않은 삶이다. 평소 허물없이 지내면서 언니 동생 하던 좋은 사이의 그녀들이 각자 이한열을 마음에 뒀다.

한 남자를 사랑하는 두 여인 사이에 어색한 부분도 생겨났다.

모두 이한열 때문에 생겨난 불편함이었다.

"십 년만 젊었어도……."

그녀가 진한 아쉬움을 내비쳤다.

여전히 아름다웠지만 중년이라는 사실은 걸림돌이 되어 버렸다. 젊고 팽팽한 구양마혜에게 밀려날 수밖에 없었다.

이한열의 사랑을 받고 있는 구양마혜가 일인지하만인지상의 위치에 올랐다. 단우령도 이제는 구양마혜의 눈치를 살펴야만 했다.

"돌아가서 술이나 진탕 마시자."

독수공방을 해야 하는 그녀가 아직도 달라붙어 뜨거운 열기를 발산하고 있는 연인을 잠시 쏘아보다가 이내 등을 돌렸다.

쿵! 쿵!

쿠웅! 쿠웅!

화가 난 그녀가 일부러 집무실이 울릴 정도로 큰 발걸음 소리를 내면서 밖으로 나갔다.

부르르! 부르르!

구양마혜가 몸을 떨면서 이한열의 품으로 더욱 파고들었다. 단우령이 등장하는 순간부터 그녀의 존재를 인지했다. 그럼에도 불구하고 아는 체를 하지 않았다.

'나누고 싶지 않아.'

그녀의 마음속에 이한열에 대한 독점욕이 생겨났다.

슥!

고개 숙인 이한열이 잔뜩 긴장하고 있는 구양마혜의 입술을 탐했다.

실내의 분위기가 점점 뜨겁게 달아올랐다.

'이제 부재 시 혈마교 통제에 대해 걱정하지 않아도 된다.'

이한열의 눈에 야릇한 광채가 스치고 지나갔다.

구양마혜는 이한열의 혈마교 연결 고리이자 꼭두각시였다.

단우령을 혈마교의 이인자로 선택하지 않은 건 중년이라

는 것도 있지만 노회하다는 사실 때문이었다. 많은 경험을 통해 이한열의 수작을 어렴풋이나마 눈치챌 위험성이 있었다.

반면 눈에 콩깍지가 씌인 어린 구양마혜는 사랑하는 연인을 위해 물불 가리지 않게 됐다.

비록 구양마혜의 사랑을 이용하고 있었지만 이한열도 진심이었다.

'결혼해야지.'

그는 구양마혜를 혈마교의 혈모로 만들 작정이다.

부부는 일심동체!

한마음과 몸으로 움직이기 때문에 단순히 이용하는 것이라고 볼 수도 없다. 이한열은 그렇게 자기를 위안했다.

第十三章
인면수심

정총이 내세우고 있는 기치는 의(義)와 협(俠)이다.

강호에 도도하게 흐르는 의협을 대의명분으로 내세우고 있기에 정총이 오랜 시간 득세할 수 있었다. 하지만 그런 대의명분의 빛이 바래고 있는 상황이었다.

정총의 백도인들이 마땅히 지켜야 할 도리에서 벗어난 짓을 많이 저질렀다. 도리를 지키지 못하여 개인의 삶이나 단체, 역사에 오점을 남긴 예는 일일이 열거하기 어려울 정도였다.

비뚤어진 욕망에 취하여 성적 일탈을 일삼고, 개인적 욕심을 이기지 못하여 부당한 치부와 부정부패를 저지른 정총인들이 무척 많았다.

윗물이 맑아야 아랫물이 맑은 법이다.

정총의 일인자인 총사부터 잘못을 저지르고 있었고, 수문
장들에까지 부정부패가 퍼져 있었다.

정총에 대해 조금이나마 관심이 있으면 의와 협에서 벗어
난 짓을 많이 저지르고 있다는 사실을 알 수 있었다.

고인 물은 썩는 법!

강대한 힘을 가진 정총은 고인 물과 똑같았다. 스스로 잘
못된 부분을 잘라 내야 하는데, 자정 기능을 잃어 버리고 점
점 오염되어 갔다.

처음으로 백도 출신을 주인공으로 내세운 소요서생의 신
작 '인면수심'은 정총의 비리를 날카롭게 비판했다.

인면수심 속에 등장하는 단체는 정총이 아닌 총정이었다.
이름이 앞뒤만 뒤바뀌었을 뿐, 현 무림을 고스란히 소설 속으
로 옮겨 왔다.

"속이 시원하다. 사마외도를 욕하는 백도인들이 실상은 더욱 더
럽다."

"제목 그대로 인면수심의 놈들이다."

"법개라는 새끼가 뒷돈을 받아 챙겨? 하야! 십 대까지 빌어먹을 놈들! 그렇지 않아도 소문을 들었는데, 타구삼절 윤여봉이군."

"조강지처만을 사랑한다고 떠든 화산파 검사 나부랭이가 총정에서 묘령의 여인과 놀아나? 이 새끼는 선천검 화태진이군."

사마외도의 무인들이 일제히 정총의 더러운 짓거리를 비난했다. 그리고 지각 있는 일부의 백도인들은 정총이 스스로 잘못된 부분을 고쳐야 한다고 소리쳤다.

소요서생의 작품 인면수심은 어찌 보면 과거와 현재를 꿰뚫는 정총의 일그러진 자화상이었다. 거울처럼 매끄럽게 부정적인 모습을 보여 주면서 통렬한 비판과 함께 반성과 자정의 기회에 대한 불씨를 지피고 있었다.

"소요서생! 죽일 놈! 무슨 억하심정이 있어서 있지도 않을 일을 가지고 난리를 치는 것이냐?"

"이건 유언비어이다."

"정총은 예나 지금이나 의와 협을 지키고 있다."

작품에 등장한 인물들이 입에 거품을 물어 가면서 반발하였다. 하지만 그들의 목소리는 무척이나 작았고, 별다른 반향도 없었다.

인면수심 책은 중원 곳곳에서 날개 돋친 듯 팔려 나갔고, 화산파와 개방에도 흘러들어 갔다. 수많은 소문들이 퍼지는 가운데, 화산파의 절대 고수와 개방의 방주가 직접 정총으로 움직였다.

*　　*　　*

조희의 얼굴이 잔뜩 일그러져 있었다.

그렇지 않아도 박색이었는데 미간을 찌푸리고 있자 더욱 못생겨 보였다.

"미안해요."

화태진이 고개를 숙이고 있었다.

결혼한 지 오래되었음에도 불구하고 꼬박꼬박 존댓말을 쓴다.

화산에 있어야 할 조희가 정총에 모습을 드러냈다.

"저는 당신을 사랑해요. 그러니까 밖에서 무슨 일이 있어도 상관없어요."

말과 달리 얼굴이 나찰처럼 보였고, 말투도 딱딱 끊어져서

찬바람이 씽씽 불어닥쳤다.

"입이 열 개라도 할 말이 없어요."

"제가 노력할게요. 당신이 나만을 사랑하도록!"

조희의 눈에서 분노의 불길이 화르르 일어났다.

갖은 노력을 다해서 남편인 화태진을 장로에 올려놓았다. 독점욕이 강했기에 화태진 주변에 여자들이 접근하는 걸 용납하지 않았다. 그런데, 이번에 정총에 파견 나가서 묘령의 여인과 정분이 났다는 소식을 전해 듣고야 말았다. 분기탱천하여 화산파에서 한시도 쉬지 않고 경공으로만 정총으로 달려왔다.

화산파에서 정총까지의 거리는 엄청났기에 초고수라고 해도 한 번에 오는 건 무척이나 지고지난한 일이었다.

그렇지만 여인의 몸으로 천인합일에 이른 그녀는 한시도 내공이 바닥을 드러나지 않는 절대 강자였다.

"저만을 바라봐 달라고 결혼 전에 제가 말했지요."

"기억하고 있어요. 이제부터는 당신만을 바라보겠다고 천지신명 앞에 맹세해요."

독기 어린 눈빛을 하고 있는 그녀의 말투에는 쓸쓸함이 깃들어 있었다. 남들이 손가락질하는 박색이라는 사실을 잘 알았다.

그러나 그녀도 여인이었다.

잘생긴 남자와 사랑을 하고 싶었다.

그렇기에 사심을 잔뜩 가지고 있는 화태진의 접근을 알면서도 받아들였다. 그리고 아버지에게 빌다시피 간절하게 부탁해서 화태진을 장로로까지 올렸다. 화태진의 성공 뒤에는 조희의 노력이 있었다.

사랑을 간절히 바랐지만 결혼 초기부터 화태진은 그녀와 각방을 썼다.

무공 수련을 핑계로 대고 있었지만 조희는 박색 때문이라는 걸 알고 있었다. 결혼한 지 오랜 시간이 지났지만 아직까지 아이가 없었다. 과부처럼 독수공방하면서 무공 수련에 미친 듯이 매달렸다.

그녀는 사랑하는 화태진을 위해 참으며 기다리고 있었다.

그런데 그 기다림이 배신으로 돌아오게 되자, 소위 머리꼭지가 돌아 버렸다.

"더 이상 사랑을 구걸하지 않겠어요."

"어떻게 하시려고요?"

"힘으로 쟁취하겠어요."

그녀는 남편의 몸에 다른 여인의 체취가 묻는 걸 원하지 않았다. 이대로 시간이 지나면 화태진의 옆에는 여인들이 더욱 늘어날 것이라는 사실을 깨달았다.

"저에게 힘을 쓰도록 만든 건 당신이에요."

슥!

그녀가 허릿춤으로 손을 가져갔다.

차르르르!

허리를 감싸고 있던 요대가 풀려나왔다.

연검이다.

"허억! 부인! 제발 고정하시오."

화태진의 얼굴이 사색이 되었다.

사실 그가 화산파에서 조희만 보고 살아야 했던 건 조희의
아버지인 매화신검 때문이 아니었다. 절대강자인 조희가 두
눈을 부릅뜨고 있었기 때문이었다.

강호행을 한 번도 하지 않아서 그렇지 화산파의 숨겨진 절
대강자가 바로 조희였다. 조희가 검을 들면 장문인도 쩔쩔매
야만 하는 지경이었다. 화산파 내부에서는 조희가 제일고수
라는 말도 있을 정도였다.

조희가 절대적인 무력을 지니고 있다는 사실을 알고 있는
사람은 극소수였다.

"사람은 짐승과 달리 말을 알아들어야 해요."

"그렇지요. 지성을 가진 사람은 대화를 통해 문제를 해결
해야지요."

"말로 해서 못 알아들으면 개처럼 두드려 팰 수밖에요."

화르르! 화르르르!

조희의 두 눈에서 가공할 안광이 뿜어졌다.

눈빛만으로도 사람을 찢어서 죽일 정도였다. 의형살인의 기세를 담아 화태진을 노려보고 있는 조희였다. 그러면서도 차마 남편을 죽일 수가 없어 기운을 조절하고 있었다.

"허억!"

의형살인의 기세를 접한 화태진의 심장이 쪼그라들었다. 이미 단전의 진기를 올올이 끌어올렸지만 거미줄에 걸린 나방처럼 의형살인에서 벗어나지 못했다.

부르르! 부르르!

그의 몸이 요동친다.

지독한 압박감에 숨소리가 커졌다.

"흐윽! 흑!"

이를 악물면서 참아 보려고 했지만 절로 신음이 새어 나왔다. 버티고 말고 할 힘이 아니라 찍어 누르는 무지막지한 기세 앞에서 점점 움츠러들었다.

사박! 사박!

연검을 꼬나 쥔 조희가 천천히 화태진을 향해 걸었다.

"지금 이 순간만큼은 저에게 있어 당신은 사람이 아니에요. 개예요."

그녀가 이를 악물었다.

사랑하는 남편을 개라고 생각하려 애썼다.

지금 그녀 눈앞에 있는 화태진은 한 마리 개였다.

"부인! 참으시지요. 여기는 정총입니다."

백도 무림의 힘이 집결되어 있는 정총에는 구파일방을 비롯한 수많은 방파들의 이목이 집중되어 있었다.

정총에서 부부 싸움을 했다가는 다음부터 얼굴 들고 다니기가 부끄러워지고, 화산파의 대망신이었다.

화산파에서 나온 사람들이 머물고 있는 거처에는 그렇지 않아도 사람들이 얼씬거리고 있었다.

정총에서도 쉽게 찾아볼 수 없는 가공할 기세를 조희가 줄기줄기 뿜어내고 있기 때문이었다. 절대 고수의 출현을 눈치챈 무인들이 무슨 일이 생겼는지 찾아오고 있었다.

화산파의 사람들이 최대한 무인들의 접근을 막고 있었지만 이미 조희의 방문이 정총에 널리 알려졌다. 통보도 하지 않고 바람처럼 담을 타고 넘어 화산파의 숙소로 찾아온 조희 때문에 정총의 경계를 서고 있던 경계 부대에 한 때 난리가 벌어졌다.

"그걸 아는 사람이 정총에서 바람을 펴요?"

조희가 씹어 먹듯이 말을 뱉었다.

고오오오! 고오오오!

파라라라라라락!

옷자락이 미친 듯이 펄럭이는 가운데 바닥을 향해 있던 머리카락이 하늘로 치솟아 올랐다. 지독한 분노와 함께 저절로 진기가 요동치면서 벌어지는 현상이었다. 딱히 진기를 운용하지도 않았는데 마음과 함께 연동이 되었다.

휘익!

그녀가 연검에 감정을 실었다.

"허억!"

벼락처럼 쇄도한 연검을 목격한 화태진이 황급히 검을 들어서 막았다. 매화검법의 절초를 사용하면서 탄탄한 방어를 펼쳤다.

콰앙!

폭음이 터졌다.

휘익!

화태진의 신형이 숙소의 벽을 꿰뚫고 밖으로 튕겨 나갔다. 격이 다른 강한 힘 앞에서는 매화검법의 절초도 소용이 없었다.

쿠당탕! 쿠당탕!

매화나무가 잔뜩 심어져 있는 정원에 화태진이 거칠게 나뒹굴었다.

"선천검이다."

"대체 무슨 일이야?"

"정총에서 선천검이 공격을 받고 있다."

"사마외도가 침입한 것인가?"

화산파 숙소를 기웃거리고 있던 무인들이 대경실색했다. 엄중한 경계가 펼쳐지고 있는 정총에서 화산파의 장로가 땅바닥을 뒹굴고 있다니, 도저히 믿기 힘들었다.

발딱!

바닥에 휴지 조각처럼 구겨져 있던 화태진이 재빨리 일어났다.

"아무 일도 아닙니다. 모두 돌아가십시오."

그가 얼굴이 벌겋게 물든 채로 크게 외쳤다.

그러나 그의 외침은 손바닥으로 하늘을 막는 일에 불과했다.

"함께 막겠소."

"도움이 필요하십니까? 점창의 사일검객이 바로 여기에 있소이다."

무인들이 화태진의 속도 모르고 도움의 손길을 주려고 했다. 함께 힘을 모아서 정총에 침입한 적을 처리하겠다고 나섰다.

평소라면 정말로 든든한 지원이겠지만 지금은 상황이 달랐다.

콰앙!

폭음이 터지면서 화태진이 머물고 있던 숙소의 벽이 완전히 박살 났다.

사박! 사박!

가벼운 발걸음의 조희가 연검을 꼬나 쥔 채 정원에 모습을
드러냈다.

"아! 천하의 박색이로고!"

"정말 못생겼네."

"저 여인은 선천검의 부인이다."

사일검객을 비롯한 무인들이 조희의 얼굴을 보고 놀랐다.
못생긴 것에도 정도라는 것이 있다면 조희는 밑바닥을 박박
기는 수준이었다.

스팟!

조희의 비수처럼 날카로운 시선이 주변 사람들에게로 가서
꽂혔다.

"으음!"

"흐헉! 심장이 떨린다."

"난생처음 겪어 보는 의형살인의 기세이다."

절대적인 기세를 접한 무인들이 몸을 부르르 떨었다.

"부인! 제발 고정하시오. 안에 들어가서 이야기합시다."

화태진이 필사적으로 부르짖었다.

슥!

무인들을 바라보고 있던 조희가 고개를 돌렸다.

"어디서 개가 짖나?"

"부인!"

휘익!

연검이 날았다.

"크허헉!"

비명을 터트린 화태진이 훌훌 날아올랐다가 땅바닥에 거칠게 쓰러졌다.

"헴! 사마외도의 침입이 아니라 부부 싸움이었군."

"조강지처가 바람을 핀 남편을 상대로 바가지를 긁는 것이다."

"쯧쯧쯧! 오죽 못났으면 부인이 정총까지 찾아와서 남자 얼굴에 먹칠을 하는 것인가!"

실상을 알게 된 사람들이 한 마디씩 내뱉었다.

화태진이 화산파의 속가인 공운표국주의 여식과 정분이 났다는 걸 대부분 사람들이 알고 있었다. 그러나 딱히 크게 문제 삼지 않았다. 능력이 있는 남자라면 삼처사첩은 흠이 아니었기 때문이었다.

절대적인 무공을 가지고 있는 조희로 인해 놀라기도 했지만 부부 관계에서 무력은 다른 문제였다. 나이가 어리고 약하다고 해도 부인이 남편을 업신여겨서는 안 된다.

세상을 지배하고 있는 남자들은 언제 어디서나 부인 위에서 군림하고 있는 절대 갑의 신분이었다.

"못난 사람이군."

"저렇게 사는지 몰랐어요."

부인에게 맞아서 개처럼 땅바닥을 구르고 있는 화태진이 사람들에게 참으로 어리석고 못나 보였다. 같은 여인이 보기에도 조희의 행적은 문제가 많아 보였다.

"크흐윽!"

수치심이 마구 올라오고 있는 화태진의 얼굴이 일그러졌다. 마침내 걷잡을 수 없을 정도로 평판이 땅에 떨어져 버렸다.

가정을 제대로 이끌지 못하는 화태진은 이제 무수히 많은 손가락질을 받아야만 했다. 그리고 조희는 희대의 악녀로 이름을 날리게 되리라!

조희가 입술을 질끈 깨물면서 연검을 강하게 움켜쥐었다.

"아파요? 나도 아파요."

흔들리는 화태진의 모습이 마음에 낙인이 되어 찍혔다. 영겁처럼 길게 느껴지는 시간 속에서 그녀와 그가 아파하고 있었다.

아픔만큼 분노를 참을 수가 없었다.

휙!

다시 연검이 허공을 날아 화태진이 움켜잡고 있는 검에 작렬했다.

콰앙!

폭음과 함께 화태진이 연신 시달려야만 했다. 그래도 조희가 손속에 사정을 뒀기 때문에 크게 다치지는 않았다.

퍼퍽! 퍼퍼퍽!

빠박! 빠바바바박!

조희가 자신이 한 말을 지켰다.

"아악! 악! 크아악!"

화태진의 입에서 비명 소리가 끊이지 않았다.

육체적인 아픔도 컸지만 사방에서 쏟아지는 싸늘한 시선 때문에 마음이 아픈 게 컸다. 정도 명숙으로서 오랜 시간 노력하여 쌓은 명성이 하루아침에 날아가 버렸다.

개처럼 두들겨 맞는 화태진이 연신 낭패한 모습으로 땅바닥을 데굴데굴 굴러다녔다.

'부인의 심기를 불편하게 만드는 것이 아니었는데……'

속으로 피눈물을 흘리고 있는 그가 큰 실수를 저질렀다는 사실을 깨달았다.

어떤 경우에도 바람을 피우면 안 됐다.

그런 진리를 개처럼 두드려 맞으면서 비로소 알게 됐다. 하지만 소 잃고 외양간 고치는 몹쓸 꼴이었다.

조희가 말 그대로 비오는 날 먼지가 날 정도로 화태진을 두들겨 팼다.

정총에 그와 그녀의 부부 싸움 소식이 널리 퍼져 나갔다.

개처럼 두드려 맞고 있는 사람이 또 한 명 있었다.

손에 사정을 두고 있는 조희와 달리 진짜 복날 개처럼 얻어 터졌다.

타구삼절 윤여봉이 개방 방주 서영에게 정말 죽도록 맞고 있었다. 인정사정 보지 않는 타구봉 앞에서 피투성이가 되어 땅바닥을 뒹굴었다.

퍼펑! 퍼퍼펑

"크아악! 아아악!"

타구봉이 작렬할 때마다 윤여봉의 입에서 비명 소리가 구슬프게 이어졌다.

"법개라는 녀석이 뒤로 돈을 받아 챙겨?"

"아악! 죽을죄를 졌습니다."

윤여봉이 쥐어짜듯 말했다.

맛있는 음식을 먹고 좋은 숙소에서 자고 싶기에 조금 돈을 받은 것에 불과했다. 정말로 악착같이 나쁜 짓을 해서 부정 축재한 것이 결코 아니었다.

"죽을죄를 지었으면 죽어라!"

서영의 음성이 추상같이 예리했다.

그는 정말 윤여봉을 죽일 작정으로 타구봉을 휘두르고 있었다. 엄청난 중죄를 다른 사람이 아닌 법개 윤여봉이 저질렀다는 점에 엄청난 분노를 드러냈다.

무소유의 아름다움을 실천하고 있는 개방에서 부정 축재는 참으로 중죄였다. 콩 한 쪽도 나눠 먹어야 하는데, 홀로 맛있는 음식을 먹었다는 건 용서할 수 없는 일이었다.

"혼자 먹으니 맛있더냐?"

서영의 분노가 날카로운 비수처럼 윤여봉의 가슴에 파고들었다.

주르륵! 주르륵!

서영이 뜨거운 눈물을 흘렸다.

때리면서 울고 있었다.

촉망 받는 인재로 개방 방주인 후개로까지 거론되고 있는 윤여봉의 추락이 너무나도 가슴 아팠기 때문이다.

팔결인 후개는 방주를 계승할 사람으로, 오결 이상의 제자 중 무공이 출중하고 탁월한 영도력이 있으며 평소 품행이 단정한 자를 전체 장로의 동의를 얻어 방주가 임명한다.

중원이 혼란스러워지면서 능력의 부족을 실감하고 있는 서영은 지금의 후개 취구환장 구종산에게 방주 자리를 넘기려고 마음먹고 있었다.

취구환장 구종산이 방주가 되고 나면 개방은 후개를 다시금 선출해야만 했다. 후개가 될 수 있는 인재 가운데 한 명인 윤여봉의 부정 축재는 개방의 얼굴에 먹칠을 하는 것과 동시에 커다란 손실이었다.

"잘못했습니다."

주르륵! 주르륵!

진심으로 뉘우친 윤여봉의 두 눈에서도 뜨거운 눈물이 죽죽 흘러내렸다. 아무리 식탐이 있었어도 돈을 탐하면 안됐다는 사실을 깨우쳤다. 맛있는 음식을 사 먹는 걸로 사소하게 시작한 일이 큰 잘못으로 이어졌다.

때리는 사람도 울고, 맞는 사람도 울고 있었다.

의박운천과 행편천하를 내걸고 있는 개방도들의 뜨거운 눈물이었다.

슥!

윤여봉이 내리꽂히고 있는 타구봉에 머리를 들이밀었다. 너무나도 부끄러운 나머지 알아서 형벌을 받으려고 하는 것이었다.

우뚝!

머리 바로 앞에서 타구봉이 멈췄다.

죽음으로써 죄를 갚으려고 하는 윤여봉의 진심을 알아차린 서영이었다. 서영은 윤여봉이 개과천선하지 않는다면 끝내 때려서 죽일 작정이었다.

"백의개로 총타에서 지내며 더럽혀졌던 몸과 마음을 씻어라."

서걱!

서영이 타구봉을 휘두르자, 윤여봉의 육결 매듭이 잘려 나갔다.

개방 방도들에게 있어 매듭이란 곧 생명이나 마찬가지였다. 제이의 생명을 잃어버린 충격 때문에 윤여봉은 잠시 망연자실한 표정을 지었다.

그러나 서영은 윤여봉에게 백의종군을 하면서 다시금 개방도가 될 수 있는 길을 열어 줬다. 백의개는 개방에 처음 입문하여 삼 년 동안 의결 없이 지내는 거지를 말한다.

"감사합니다."

윤여봉이 어기적어기적 일어나 정중하게 포권하였다.

처음 개방의 방도가 되었을 때, 무소유의 아름다움에 깊은 감명을 받았다. 의박운천과 행편천하를 받들어 하늘을 이불로 삼고 땅을 침대로 삼아 왔다.

부정 축재한 돈 때문에 방주 서영에게 죽었다가 살아나 초심을 되찾았다.

"우리들 거지는 바람 그 자체이다. 우리가 걷고 있는 이 땅 위엔 거의 닿지도 않았고, 언젠가는 아무것도 가진 것 없이 돌아오지 않는 곳으로 떠나가는 신세다. 가지려고 하지마라.

그리하면 결국은 모든 걸 가질 수 있음이니."

서영의 말에는 현기가 가득 넘쳤다.

현기 흐르는 말이 윤여봉의 거지 정체성 복원에 힘을 보탰다.

거지들은 부평초처럼 제 몫의 무게도 견디지 못하고 흘러다닌다. 말없이 뚜벅뚜벅 나부끼면서 해학 어린 삶을 보낸다. 거지들의 일상에는 치열한 인생의 흔적이 고스란히 깃들어 있다.

길거리를 돌아다니면서 보고 들은 거지들의 모든 것들이 개방 총타에 모여든다. 무수히 많은 정보들이 무시받기 일쑤인 거지들 단체 개방의 가치를 새롭게 형성한다.

냄새가 나서 무시 받고 넝마를 걸치고 있어서 사람들의 천대를 받아도 개방의 거지들은 하루하루를 웃으면서 살아간다.

온갖 세파와 유혹에 아랑곳하지 않는 가치 있는 시간을 보내기 때문이다. 거지들은 즐기는 해학의 삶을 통해 스스로 고통을 치유해 갈 뿐만 아니라 궁극적으로는 자신을 둘러싼 세상의 부조리와 모순을 화해로 이끌어 낸다.

"개방이 물질적으로는 빈곤할지 몰라도 정신적으로는 가장 풍요롭다. 개방의 방도들은 정신적으로 부유하기에 어디에 가서도 부끄러움이 없음이다."

"아!"

윤여봉의 오욕으로 얼룩져 있던 마음이 현기 어린 조언에 씻겨 나가고 있었다. 현기 어린 조언은 좀처럼 멈출 줄 몰랐다.

도불교의 격언이 아닌 세상을 살아가는 거지들의 말이었기에 더욱 귀에 쏙쏙 들어왔다. 세파에 찌들어서 살아가는 사람들이라면 누구나 공감할 수밖에 없는 이야기였다.

인간은 시시각각 변하는 존재다.

뜨거운 열정을 가지고 있는 방주 서영의 가르침 속에서 윤여봉이 바뀌고 있었다.

휘이이이! 휘이이이!

바람이 불어닥쳤다.

한 번 불기 시작한 바람은 좀처럼 멈출 기세가 아니었다. 오히려 시간이 갈수록 더욱 강렬하게 휘몰아쳤다.

윤여봉의 마음에도 싱그러운 바람이 불었다.

스르륵! 스르륵!

윤여봉이 눈을 반개했다.

수없이 많은 사고들이 머릿속에 떠올랐다가 사라지기를 반복했다. 남몰래 돈을 받던 부끄러운 기억들이 둥실 나타났다가 기억 저편으로 사라져 갔다. 이제 두 번 다시 부끄러운 짓을 하지 않겠다고 속으로 굳게 다짐하였다.

우우우우! 우우우웅!

옥현귀진신공이 자연스럽게 운기되기 시작하면서, 용음이 일어나기 시작했다. 거칠게 용틀임을 하면서 사방으로 현현한 기운을 뿜어냈다.

옥현귀진신공은 청정한 마음으로 익혀야 비로소 정수를 체득할 수 있다.

지금까지 팔성에 머물러 있던 윤여봉의 경지가 단숨에 십성으로 올라섰다.

개방에서도 옥현귀진신공을 십성까지 익힌 청청한 마음의 고수는 많지 않았다. 정말로 깨끗한 마음을 가지고 있어야지만 십성에 도달할 수 있기 때문이다.

"선재로다, 잘못을 깨닫고 밝은 길로 돌아온 걸 환영한다."

옥현귀진신공의 완성을 지켜보고 있는 서영의 눈에 감동이 일었다.

우우우웅!

웅웅웅웅웅!

한 번 일어난 용음은 좀처럼 화를 삭일 기세가 아니었다. 도도한 울음소리를 점차 웅장하게 키워나갔다.

시간이 지날수록 죽도록 맞아서 퉁퉁 부어 있던 윤여봉의 얼굴 표정이 깨끗해졌다. 반개하고 있는 두 눈에서는 연신 맑은 정광이 흘러나왔다.

개방에 한 명의 초고수가 탄생하고 있는 시점이었다.

몰락에 빠지려고 했던 윤여봉이 전화위복의 기연을 접하고
있었다.

〈다음 권에 계속〉

신현재 신무협 장편소설

ORIENTAL FANTASY STORY & ADVENTURE

남궁
장인

죽은 줄 알았는데 눈을 떠 보니 5살 어린아이가 되었다!
검을 만드는 장인으로서, 남궁가의 무인으로서
남궁의 검을 다시 세우는 남궁혁의 강호종횡기!

dream
books
드림북스

반생학사

소유현 신무협 장편소설

ORIENTAL FANTASY STORY & ADVENTURE

『학사귀환』, 『학사무경』의 작가 소유현
그가 풀어내는 또 하나의 학사 이야기!

시험에 낙방 후, 무한히 반복되는 시간의 굴레에 갇혔다.
감옥과도 같은 무한회귀 속에서 벗어나야 한다!

dream books
드림북스

양인산 신무협 장편소설
ORIENTAL FANTASYSTORY & ADVENTURE

장인전생

이름 없는 대장간 대장장이에서
천하제일의 명장이 되는 그 날까지.

보아라! 이것이 바로 진정한 명장(名匠)이다!

dream books
드림북스